오늘부터 나는
로리네
밥벌레!
4

아카츠키 유키 지음
헨리더 일러스트
손종근 옮김

니조
토우카
TOUKA
NIJOU

"——오라버니!"

"——서, 선생님!"

그리 생각하고 얼른 고기로
손을 뻗으려고 하다가,
"잇."
결국 동요를 감추지 못하고 젓가락을
바닥에 툭 떨어뜨리고 말았다.
"어——, 실례할게."
나는 얼버무리듯 쓴웃음을 짓고
의자에서 내려왔다.

로리RPG
(비키니아머)

밥벌레를 위하여
마왕성을 향해

CONTENTS
무차

YUKI AKATSUKI PRESENTS

로리콘이 아냐!

오늘부터 나는 로리네 밥벌레!
4

아카츠키 유키 지음 | 헨리더 일러스트 | 손종근 옮김

커버 그림, 본문 일러스트 | **헨리더**

밥벌레 센류

봄이 왔도다 오늘부터 이 몸은 로리 밥벌레! (텐도 하루)

하루가 왔다 너무나도 행복해 에헤헤헤헤♡ (니조 토우카)

하루 일어나 언제까지 잘 거야? 벌써 오후야 (탄자와 치즈루)

하루 말이는 무척 좋아한다옹 맛이 있다옹 (코모리 사나)

이런 성희롱 절대로 안 됩니다 용서 안 해요 (소노하라 마야)

시끄럽다고 됐으니까 만화를 그려내라고 (나카노 유리)

국가권력 VS 로리 밥벌레 동맹

KYO KARA ORE WA LOLI NO HIMO!

CHAPTER

발밑에 페트병 세 개가 떨어져 있었다.

──어째서 이런 곳에, 이런 게 떨어져 있지……?

──그보다도, 애당초 여기는 어디야……?

그런 것도 이해할 수 없게 되어버릴 정도로 나는 혼란에 빠져 있었다.

온몸에 힘이 들어가지 않았다. 서 있는 것도 힘겨워져서 몸이 휘청거릴 것만 같았다.

심장만이 두근두근, 가혹한 노동을 강요당했다.

왼쪽 어깨에 어렴풋한 아픔을 느꼈다.

애써 시선을 들자 마흔 살 정도의 아저씨에게 강한 힘으로 붙들려 있었다.

아저씨 옆에는 이십 대 중반 정도의 안경 남자.

둘 다 험악한 표정으로 나를 보고 있었다. 마치 범죄자를 보는 듯한 눈빛이었다.

──아니. 마치, 라고 표현할 정도가 아니다. 실제로 그렇게 의심하는 것이었다.

어쨌든 이 두 사람은 경찰관이고, 수상한 사람이 있다는 신고를 받고서 온 거니까.

그리고 선량한 시민인 나를 향해 아저씨는 무거운 말투로 이리 말한 것이었다.

――잠깐만 파출소까지 와주겠나.

…………아아, 그렇다. 그랬지.

아득해졌던 의식이 서서히 현실로 되돌아왔다.

이곳은 근처 공원이고 우리는 연식배구 특훈을 하고 있었다.

정확하게는, 특훈을 하던 건 로리 삼인조이고 나는 감독 역할이었다.

머리 위에서 태양이 빛났다. 끈적끈적한 열기가 피부에 들러붙었다.

9월 초순. 아직 늦더위가 혹독한 시기였다.

귀여운 로리들이 열사병에 걸려서는 안 된다고 생각해서 나는 물총을 지참하고 있었다.

물을 뿌려주어 몸을 식히는 것이 목적이었다. 맹세코 이상한 의도는 없었다.

뭐, 듣고 보니 무리도 아닌가. 블루머 차림의 소녀들에게 물을 촤악 뿌리는 녀석이 있다면, 그야 뭐 나라도 수상한 사람이라고 생각하겠지…….

음, 그래서.

이쪽의 상황을 알아차린 로리들이 연식배구 연습을 멈추고 달려왔다.

"……선생님, 무슨 일이신가요?"

검은 머리카락의 정통파 아가씨──니조 토우카.

"……너 설마, 끝내 경찰한테 폐를 끼칠 일을 저질러버린 거야?"

트윈테일의 츤데레 아가씨──탄자와 치즈루.

"……야옹, 나는 오라버니를 믿는다옹."

단발머리의 조금 안타까운 고양이귀 아가씨──코모리 사나.

셋 다 불안해하는 눈빛이었다.

물과 땀으로 체육복이 비쳐서 각자 희미하게 비키니가 보였다.

"어, 딱히 큰일은 아니야. 어쩐지 물총 때문에 수상한 사람으로 오해를 사버린 모양이야."

안심시키기 위해서 가벼운 태도로 그리 대답했다.

"세상에! 선생님은 저희를 생각해서 해주신 일인데!"

"……그러네. 아무리 그래도 수상한 사람이라니, 그건 실례지."

"오라버니는 나쁘지 않다옹!"

세 사람은 자기 일처럼 분개해주었다.

무심코 웃음이 새어 나왔다. 이런 상황인데도 엄청 기뻤다.

그렇다. 나는 아무런 잘못도 없거니와 최강의 동료가 붙어 있었다.

설령 상대가 국가권력일지라도 쫄 필요는 없었다.

게다가 이 아저씨들도 정의감을 바탕으로 일을 하고 있었다.

즉, 서로가 선의 입장이었다. 제대로 대화를 나눈다면 알아줄 터.

"⋯⋯너희들, 이 사람이랑 아는 사이니?"

내 어깨를 붙든 채로 아저씨가 로리들에게 물었다.

"예. 선생님은 저희 밥벌레예요."

"──윽."

토우카의 대답에 아저씨는 눈을 부릅뜨고 말을 잃었다.

옆의 안경 남자도 아연실색했다.

경찰관이라면 항상 냉정하고 침착했으면 좋겠는데⋯⋯.
그리 질책하는 것도 가혹할 테지.

"뭐, 그런 거예요."

나는 안도의 한숨을 내쉬고 쓴웃음을 섞어서 말했다.

"범죄는 아니니까 이제 돌아가셔도 돼요."

"아니, 그럴 리가 없잖아."

나는 어깨를 붙잡은 손을 아무렇지도 않게 뿌리치려고 했지만 도리어 그 손에 힘이 꾹 실렸다.

"⋯⋯밥벌레라니 그건 무슨 의미지?"

"무슨 의미냐⋯⋯. 그 말 그대로예요. 그녀들이 절 길러주는 거죠."

"⋯⋯알았어. 어쨌든 평범한 관계는 아니라는 거로군."

15

아저씨는 미간에 손을 대고 떨떠름하게 말을 이었다.

"자세한 사정은 파출소에서 듣도록 하지."

"여기서 길게 이야기하는 것보다는 낫겠지."

"……알겠습니다."

이걸 거절해서 이상한 오해를 사봐야 좋을 건 없었다.

결백을 나타내고자 일단은 따라가기로 했다.

"미안하지만, 너희도 같이 가줄 수 있을까?"

아저씨가 로리들에게 그리 물었다.

나를 대할 때와는 전혀 다른 다정한 음색이었다.

"물론이에요."

"어쩔 수 없네."

"오라버니의 심판을 반드시 역전, 무죄로 만들어내겠다옹."

셋 다 그 자리에서 받아들였다.

연습을 중단하게 만든 건 미안하지만, 솔직히 무척 든든했다.

떳떳하지 못한 일은 없을지라도 역시나 조금 불안하니까 말이지…….

감사 인사는 나중에 잔뜩 쓰다듬어주는 거로 대신해야겠다.

짐을 챙겨서 공원을 나왔다.

파출소는 근처에 있어서 몇 분 만에 도착했다.

철제 의자를 가져다주고 경찰관은 나와 마주 앉았다.

절전을 위해서인지 에어컨은 틀지 않았다. 애당초 문이 활짝 열려 있으니.

그럼에도 햇살이 들지 않는 만큼 바깥보다는 훨씬 나았다.

선풍기 한 대만이 고개를 흔들며 로리들에게 바람을 보냈다.

"이거, 마셔도 돼."

셋에게 말을 걸며 페트병을 건넸다.

조금 전에 자판기에서 산 스포츠드링크였다.

동요한 나머지 떨어뜨려 버렸지만, 탄산이 아니니까 문제는 없겠지.

"감사합니다." "응, 고마워." "땡큐다옹."

목이 말랐는지 곧바로 꿀꺽꿀꺽 마시기 시작했다.

양손으로 들고서 조금씩 마시는 모습이 참으로 귀여웠다.

"그리고, 감기 안 걸리게 몸은 수건으로 제대로 닦아둬."

"""예―."""

로리들은 천진난만하게 대답을 하고 스포츠타월로 몸을 쓱쓱 닦았다.

나는 곁눈으로 그 모습을 보며 내 페트병을 땄다. 한 모금 마신 참에,

"그럼 우선 이름과 생년월일, 전화번호와 주소를 가르쳐 주시죠."

안경 남자가 그렇게 말을 꺼냈다.

아저씨는 옆에서 부루퉁한 표정을 짓고 있었다. 사무적인 일은 후배에게 맡겨놓고 무슨 일이 있다면 끼어들 생각이겠지. 당근과 채찍 같은 역할분담인 걸지도 모른다.

어쨌든 나는 요구하는 대로 대답했다. 전화번호는 휴대전화 쪽으로 말했다.

안경 남자는 술술 기록하며 계속 질문했다.

"으음, 나이는 17세로군요. 고등학생인가요?"

"아뇨, 학교는 중퇴했어요."

"……그건 또 어째서?"

"딱히 대단한 이유는 아니에요. 단순히 우선순위의 문제죠."

"우선순위?"

"학교 공부보다도 저 아이들과 노는 게 더 즐겁지 않나요."

"……어?"

"예?"

"……아니, 저기, 정말로 그런 이유로 관뒀나요?"

"예. 반대로 제가 묻고 싶은데, 이 이상의 이유가 있을까요?"

"그건…… 당연히 있겠죠. 즐거운 일만으로 세상을 헤쳐나갈 수는 없다, 라는 게 일반적인 가치관이에요."

"어, 그렇군요. 저도 그렇게 생각했던 시기가 있었지요."

과거의 나를 다시 떠올리고, 그 무렵에는 이런저런 걸 고민했구나—라며 쓴웃음 지었다.

"하지만, 좋은 걸 가르쳐줄게요. 밥벌레에 학력은 필요 없어요."

"……일단 묻기는 하겠는데, 장난치는 건 아니겠죠?"

"물론이죠."

"……죄송합니다. 설마 싶기는 한데, 당신, 진심으로 밥벌레인가요?"

"맞아요."

내가 긍정하자 안경 남자는 10초 정도 얼어붙더니,

"…………이 사람이 하는 말은 정말이니?"

이번에는 로리들에게 확인했다.

"정말이에요."

"안타깝지만 말이지."

"오라버니는 솔직한 사람이다옹. 특히 욕망에는 솔직하다옹."

셋은 입을 모아 대답했다.

사나는 쓸데없는 한마디를 덧붙였지만, 그 말 그대로니까 용서해주자.

"……아, 알겠습니다. 일단은 믿는 걸로 하지요."

생각하는 걸 포기했는지 안경 남자는 다음 질문으로 넘어갔다.

"으음……. 그럼 어째서 당신은 저 아이들에게 물총을 쏜 건가요? 아이들은 배구를 하고 있던 모양이니 물놀이 같지

19

는 않은데…….”

"그냥 열사병 대책이에요. 운동을 해서 뜨거워진 몸을 식히기 위한 거죠.”

"……음란한 짓을 한 건 아니고?”

"그럴 리가 없잖아요. 저에게는 소중한 걸 더럽히는 취미따윈 없어요.”

"……과연. 하지만 딱히 물총으로 식힐 필요는 없지 않나요?”

"그야 그렇지만, 기왕이면 즐거운 편이 좋잖아요?”

"…………너희는 이 사람이 물을 끼얹으면 즐겁니?”

생각에 잠기듯 잠시 침묵하고, 안경 남자가 또다시 로리들에게 물었다.

"예, 무척 즐거워요.”

"뭐, 자극적이기는 해.”

"오라버니는 항상 우리가 두근두근하게 해준다옹.”

토우카는 명랑하게, 치즈루는 부끄러운 듯, 사나는 득의양양하게 대답했다.

"그, 그러니…….”

안경 남자는 굳은 미소를 짓고 깊은 한숨을 내쉬었다.

그리고 더는 감당할 수 없겠다고 판단했는지 상사에게 지시를 청했다.

"……야마 씨, 어떻게 생각하시나요?”

"그러게…….”

아저씨는 몇 초 생각하고 천천히 수갑을 꺼냈다.

"일단 체포하자."

"──잠깐, 왜 그렇게 되는 건가요?!"

터무니없는 대답에 나는 황급히 항의했다.

그런 난폭한 "일단"이 세상에 어디 있어!

그보다도 수갑이란 게 그렇게 가벼이 꺼내도 되는 물건이

아니잖아!

"야마 씨! 아무리 그래도 그건 위험하죠!"

안경 남자도 황급히 말렸다.

"으……, 나도 알아!"

일단 자각은 있었나보다. 아저씨는 분하다는 듯 이를 갈

았다.

온몸에서 분노를 흘리며 영혼의 외침을 내질렀다.

"하지만 이런 녀석을 사회에 풀어둬도 되겠어?! 학교를

관두고, 사회에서 일할 의지도 보이지 않고, 게다가 소녀에

게 기생한다니 그야말로 쓰레기 그 자체잖아! 이런 녀석을

단속하는 게 경찰의 일 아니냐고?! 내 정의감은 잘못되었다

는 거냐?!"

"예, 그 기분은 잘 알아요! 하지만 [소녀의 밥벌레가 되어

서는 안 된다] 같은 법률은, 일본에는 없어요! 피해자가 없

는 이상, 이 사람을 처벌할 수는 없어요!"

"──젠장! 경찰이란, 법률이란 이다지도 무력하단 말인 가……!"

아저씨는 천장을 올려다보며 이 세상의 부조리함을 한탄했다.

"뭐, 괜찮아요. 이런 식으로 참을 수 없는 일도 있을 거라 생각하지만, 앞으로도 일본의 치안을 잘 부탁드립니다."

"──닥쳐! 네놈한테만큼은 그런 부탁, 받고 싶지 않아!"

어라, 위로해줄 생각이었는데 괜히 화를 돋우어버렸다.

아저씨는 수갑을 집어넣고 나를 척 가리켰다.

"네놈은 사회의 쓰레기다! 지금은 무리더라도 언젠가 반드시 체포해주마!"

……이런 내게도 일단 체면이라는 게 있다.

이렇게까지 나쁜 말을 듣고서 가만히 있을 수는 없었다.

"확실히 저는 사회적으로 무가치하죠. 그건 부정하지 않겠어요. 하지만 저희에 대해서 아무것도 모르는 당신한테 그런 말까지 들을 이유는 없어요!"

내게 이어서 로리들도 거칠게 말했다.

"그래요! 선생님은 쓰레기지만 무척 좋은 사람이에요! 체포라니 말도 안 돼요!"

"동감이야! 쓰레기는 쓰레기지만, 다른 사람에게 상처를 줄 법한 일은 하지 않는 쓰레기야!"

"오라버니는 세계에서 제일 다정한 쓰레기다웅!"

……그렇게 쓰레기를 강조한 건 없잖아?

그런 생각도 없지는 않지만, 힘찬 변호에 가슴이 뜨거워졌다.

로리들의 험악한 태도에 기가 한풀 꺾였는지 아저씨는 살짝 소극적인 톤으로 의견을 꺼냈다.

"……하지만, 교도소에서 갱생시켜서 사회로 복귀시키는 편이 이 사람을 위해서도 좋은 일이잖아?"

"그런 건 쓸데없는 참견이에요!"

제멋대로인 가치관을 밀어붙이는 상대에게 짜증을 내며 반론했다.

"나는 사회보다도 이 아이들에게 헌신하고 싶어! 그러니까 진심으로 밥벌레를 하는 거라고!"

이건 내 인생이다. 내게 좋은 것은 내가 스스로 결정한다. 다른 사람에게 이러쿵저러쿵 참견당하고 싶지 않다.

"선생님……!" "하루……!" "오라버니……!"

내 마음의 소리가 가슴을 울렸는지 셋은 뺨을 물들이며 나를 바라봤다.

"……헌신하고 싶으니까 밥벌레를 하겠다니 무슨 소린지 도통 모르겠는데."

아저씨가 혐오감을 가득 담아서 중얼거렸다.

"예? 어째서 모르나요. 당신, 밥벌레를 얕보는 건가요?"

"너야말로 사회를 얕보고 있잖아."

"아뇨, 얕보고 있는 건 경찰관님 쪽이에요!"

위협적인 태도의 아저씨를 향해 로리들이 일제히 말했다.

"선생님의 각오와 배려심도 모르면서 실례되는 소리 하지 마세요!"

"그래! 이해할 수 없으니까 공격한다니 그런 건 그저 차별이잖아!"

"직업에 귀천은 없다옹!"

순수한 마음이기에 그녀들의 주장에는 무게가 있었다.

"윽······."

"야, 야마 씨······?"

아저씨가 고통스럽게 가슴을 눌렀기에 안경 남자가 걱정했다.

"······미안해, 괜찮아. 잠깐 딸의 모습이 떠올라서 말이지······."

"아, 그러고 보니 초등학생 따님이 있다고 그러셨죠. 최근에는 엄청 미움을 받고 있다는."

"야, 카와카미. 아무리 사실이라도 좀 조심해서 말하라고."

과연. 지금의 대화로 살짝 납득했다.

아무래도 이 아저씨, 이 아이들을 자기 딸과 겹쳐본 모양이었다.

그러니까 나를 괜히 지독하게 대한 건가.

동정하기는 하지만······. 솔직히 말해서 괜한 참견이었다.

나는 여봐란듯이 한숨을 내쉬고는 밉살스럽게 말해줬다.

"딸의 마음도 모른다면 밥벌레를 이해할 수 없는 것도 어쩔 수 없겠네요."

"——윽, 웃기지 마!"

지나치게 아픈 곳을 찔렸는지 아저씨는 반쯤 울부짖으며 소리쳤다.

"어째서 필사적으로 일을 하는 내가 미움을 받고, 쓰레기인 애송이가 초등학생들에게 사랑을 받는 거냐!"

"어째서, 라니 그야 바로 그런 면이겠죠."

폭언에 미간을 찌푸리고 "그렇지?"라며 로리들에게 동의를 청했다.

"그러네요. 조금 세심함이 부족하다고 생각해요."

"[일을 하는 나는 대단하다]라는 착각이 오히려 지긋지긋해."

"오라버니와 비교하는 것도 건방지다옹."

"……윽?!"

신랄한 코멘트를 받고 아저씨는 가여울 정도로 의기소침했다.

나는 바로 지금이라는 것 마냥 추가타를 가했다.

"정말이지, 일본의 경찰은 우수하다고 들었는데 실망했어요. 그런 상태로 잘도 공무원 시험에 합격했네요. 밥벌레의 마음가짐 같은 게 출제되었을 텐데."

"그건 대체 무슨 문제야?! 그런 게 나올 리가 없잖아!"

"어, 그런가요?!"

"당연하지! 오히려 어째서 나올 거라고 생각했는데?! 왜 놀라는지 도통 모르겠다!"

"그게, 경찰은 어떤 의미로 국민의 밥벌레잖아요."

"──?! 야 인마! 아무리 그래도 그 말은 그냥 못 넘어간다고?!"

"그러니까 제 밥벌레라고도 할 수 있어요. 와이, 로리네 밥벌레의 밥벌레(웃음)."

"큭! 아니, 그보다도 너는 세금도 안 내잖아?!"

"음, 실례네요. 소비세 정도는 내고 있어요."

"……듣고 보니 그건 그런가."

"뭐, 원래는 이 아이들의 돈이지만요."

"역시 안 내잖아!"

"──죄송해요, 경찰관님."

밥벌레와 경찰관이 격렬하게 말다툼을 하고 있자니 아가씨가 살며시 끼어들었다.

"선생님께 대한 폭언은 그 정도로 해주시지 않겠어요? 이 이상은 간과할 수 없어요."

"아니, 나는 폭언이 아니라 어른으로서 설교를……."

"어느 쪽이든 마찬가지에요. 어른이라면 조금 더 솔직해지세요."

"……그, 그게 무슨 말이지?"

"그것 말고도 선생님께 해야 될 말이 있다는 거예요."

"……미안하지만 그런 건 안 떠오르는데."

"그럼 솔직하게 말씀드릴게요."

비즈니스 모드라고 할까, 평소보다 늠름한 태도로 토우카가 말했다.

"경찰관님은 초등학생이 잘 따르는 선생님이—— 부러우신 거죠?"

"——그, 그런 건……."

"그런 건?"

"…………."

정면으로 힐문을 당하여 말문이 막힌 아저씨. 그것은 실질적인 긍정이었다.

"고집부리지 말고 털어놓으라옹. 고향의 어머니도 울고 있다옹."

침묵을 메우듯 사나가 다정한 말로 타일렀다.

무슨 형사 놀이냐고 느꼈지만 아저씨한테는 제대로 먹힌 모양이었다.

포기한 듯 고개를 풀썩 떨어뜨리고는 툭 자백했다.

"…………그 말대로야. 나는 이 사람을 더없이 질투하고 있어……."

"그러시군요."

토우카가 싱긋 웃고,

"그렇다면 선생님을 규탄할 게 아니라 가르침을 청해야

하는 게 아닐까요?"

"……가, 가르침?"

"그래요. 선생님은 여자초등학생의 전문가니까요. 선생
님께 상담을 부탁한다면 따님과의 사이도 금세 개선될 거라
고 생각해요."

"──그건 정말인가?"

그만큼 딸과 사이좋게 지내고 싶었던 거겠지. 아저씨는
몸을 잔뜩 앞으로 내밀며 매달렸다.

치즈루가 쓴웃음을 지으며 대답했다.

"뭐, 그럴 가능성은 크겠지. 실제로 우리 반에서도 하루
는 놀랄 정도로 인기 있으니까."

"어, 그랬어?"

뭐야 그거 처음 듣는데요.

"예. 저희 반에서 선생님의 이야기를 하면 항상 대폭소
예요."

"오라버니 이야기는 확실하다웅."

놀라는 나를 향해 토우카와 사나가 미소 지었다.

"호오, 그건 영광이네."

설령 웃음거리가 될지라도 아가씨들이 기뻐해 준다면 바
라던 바다.

"윽……. 이건 어쩔 수 없는 건가……."

아저씨는 노려보듯 이쪽을 바라보고는 무척이나 싫다는
듯이 말했다.

"……여자초등학생에게 사랑받는 비결을, 가르쳐줘."

곧바로 세 사람이 주의를 줬다.

"잠깐만. 다른 사람한테 무언가를 부탁한다면 그에 걸맞은 태도라는 게 있잖아?"

"치즈루의 말이 맞아요. 이제까지의 무례도 사죄해야 한다고 생각해요."

"오라버니한테 가르침을 받을 수 있다는 게 얼마나 대단한 일인지 아직 모르는 거다옹."

"윽── 그, 그렇군요."

아저씨는 몸을 움찔거리고는 얼른 모자를 벗었다.

의자에서 일어서서 깊숙이 머리를 숙였다.

"……이제까지의 무례, 정말로 실례했습니다."

딱 90도였다. 이렇게까지 하니까 도리어 미안해지는데…….

옆에서 안경 남자가 『으아……』라는 표정으로 질려 있었다.

뭐, 응, 기분은 알겠다.

초등학생한테 잔뜩 겁을 먹고 밥벌레한테 머리를 숙이는 상사라니 보고 싶지 않겠구나…….

"뭐, 알아주신다면 됐어요."

나는 쓴웃음을 짓고 그냥 없었던 걸로 흘려보내기로 했다. 원인이 물총이기도 하니 말이지.

"감사합니다!"

아저씨는 안도의 미소를 짓고는 매달리듯 점점 격렬하게 말했다.

"그럼 부디 학식이 얕은 제게 가르침을 주십시오! 딸과 즐겁게 놀고 싶습니다!"

완고하고 억센 경찰관에서 돌변, 그야말로 한심한 중년이었다.

딸 때문에 얼마나 고민을 했을지…….

어쩔 수 없다. 이것도 무언가 인연이니 뭐든 유익한 말을 해두자.

여자초등학생에게 사랑받는 비결인지는 모르겠지만…….

나는 자신이 중요시하고 있는 것을 입에 담았다.

"상대를 생각하면서, 자신이 하고 싶은 걸 전력으로 하면 되지 않을까요."

"자신이 하고 싶은 것……."

아저씨는 되새김질하며 착실하게 메모를 했다.

"예. 어떻게 하면 서로가 즐길 수 있을지, 그걸 철저하게 생각하세요. 자화자찬이지만, 이번 물총 건이 좋은 예시겠네요. 저는 물을 뿌려서 즐겁고, 이 아이들은 물놀이를 할 수 있어서 즐겁다는 윈윈의 관계예요."

"윈윈……."

"소중한 사람이 즐거워해 준다면 본인도 즐겁잖아요? 반대도 마찬가지예요."

이건 만화에서도 비슷한 면이 있다고 할 수 있겠네.

독자를 즐겁게 만들기 위해서는 우선 작가가 즐겁게 그려야 하는 것이다.

물론 예외도 있을 테지만, 적어도 내게는 그런 스타일이 맞는다.

"그리고 이상한 자존심을 가지지 않는 것도 중요해요."

이야기를 하는 사이에 살짝 기분이 좋아졌다.

나는 손짓, 발짓을 섞어서 신명 나게 강의했다.

"예를 들면, 따님과 『SM 놀이』를 한다고 치죠."

"미안한데 지금 무슨 놀이라고 그랬지?"

"『SM 놀이』요."

"그건 뭐야. 딸이랑 그런 걸 할 리가 없잖아."

"어, 정말인가요? 경찰관인데?"

"경찰관인지는 관계없다……고 할까, 네놈은 한 적이 있다는 건가?"

"그야 뭐, 있죠."

또다시 눈빛이 험악해지는 아저씨에게, 나는 아무렇지도 않게 말했다.

"요즘 초등학생이라면 누구든 한 번은 경험했을 거라고 생각해요."

"윽……. 그, 그런 건가?"

아저씨는 곤혹스럽다는 표정으로 로리들에게 물었다.

"예." "요전에 했어." "여자초등학생의 소양이다옹."

세 사람은 시원하게 고개를 끄덕였다.

"······요, 요즘 초등학생은, 뭐라고 할까, 굉장하네······."

아저씨는 충격을 받은 모습으로 메마른 웃음을 흘렸다.

"이야기를 다시 되돌려도 괜찮을까요?"라는 나.

"······부탁드립니다."

"그럼 따님과『SM 놀이』를 한다고 가정하죠."

"음······."

"그때, 혹시 따님에게 매도를 당한다든지 밟힌다든지 한다면, 아마도 경찰관님은『부모한테 뭘 하는 거냐』같은 기분이 되겠죠?'

"뭐, 뭐 그렇겠지."

"바로 그런 게 안 된다는 거예요. 여왕님께 무언가를 받는다면『감사합니다!』라며 감사를 해야죠."

"하지만 그런 짓을 한다면 부모로서의 위엄이······."

"그러니까 자존심은 버리세요. 따님과 즐겁게 놀고 싶잖아요?"

"그건 그렇지만······."

"그렇지만? 뭔가요? 따님한테 얕보이는 게 무섭나요?"

"······그래."

"어리석군요. 애당초 그 발상부터가 잘못이에요."

아무것도 모르는 빌어먹을 아저씨에게, 나는 일부러 엄격한 말투로 말했다.

"우선 가장 큰 전제로, 아저씨보다 로리 쪽이 존귀한 생물이라는 걸 이해하세요. 지구상에 있는 모든 아저씨의 목숨보다 로리 한 사람의 웃음이 더 소중해요. 이건 수학적으로도 증명되어 있어요. 그 증거로, 당신에게 따님은 이 세상의 무엇보다도 귀여운 존재잖아요?"

"그렇지."

"그렇다면 최소한 세계 제일의 미녀와 데이트를 한다는 정도의 기분은 가지시라는 거예요."

"──읃."

"혹은 경찰청장이든 총리든 상관없어요. 그런 VIP와 접할 때, 당신은 아무런 생각도 없이 막무가내로 접할 건가요? 커피를 사오라고 시키면 거절할 건가요? 자존심 따위를 일일이 신경 쓸 건가요?"

"……아니, 그러진 않지."

"그럼 따님과 총리, 더 소중한 건 어느 쪽인가요?"

"그건…… 당연히 딸이지."

"그러니까 그런 거예요. 따님을 상대할 때에 좀 더 필사적으로 행동하세요. 부끄러움을 무릅쓰세요. 겉꾸미지 마세요. 자신을 드러내세요. 무엇보다도 절대로 깔보지 마세요. 당신은 어디에나 있는 아저씨이고 상대는 이 세계의 보물이에요. 결코 자신이 위에 있다는, 그런 최악의 착각은 하지 마세요. 부모라는 입장만으로 같이 놀 수 있다고는 생각하지 마세요. 그런 건 너무 뻔뻔해요."

내가 거기까지 말하자 짝짝 소리가 울렸다.

박수였다.

로리 세 사람이 반짝반짝하는 눈동자로 나를 향해 박수를 보내고 있었다.

"역시나 선생님이세요! 그 스피릿, 훌륭한 데에도 정도라는 게 있다고요!"

"후후, 설마 하루의 연설에 감동하게 될 줄이야."

"오라버니야말로 우리의 보물이다옹!"

예상 밖의 절찬이었다.

나는 부끄러운 웃음을 짓고 "아니 그 정도는"이라며 겸손을 떨었다.

내게는 당연한 일이었기에 참으로 부끄러웠다.

"…………확실히 네 말이 맞아. 나는 계속 응석을 부렸어……."

깨달음을 얻은 듯한 표정으로 아저씨는 내 말을 곱씹었다.

그리고 또다시 머리를 숙였다.

"고맙다. 무척 공부가 되었어. 밥벌레를 바보 취급해서 정말로 미안하다."

"아뇨아뇨. 밥벌레든 경찰관이든, 소녀를 소중하게 생각하는 마음은 똑같아요. 서로 정진하자고요."

"그래. 너 같은 유망한 젊은이를 만날 수 있어서 진심으로 다행이라고 생각해."

"신고해준 사람한테 감사해야겠네요."

"하하하, 그러게."

나와 아저씨는 표정을 풀고 단단히 악수를 나누었다.

로리 앞에서는 세대도 직종도 관계없다.

이것을 배운 것만으로도 이번 일에는 가치가 있었다.

그 옆에서 안경 남자가 "밥벌레와 경찰관을 똑같이 취급하지는 말아줬으면……" 작은 목소리로 그런 말을 흘렸지만…… 못 들은 걸로 했다.

"그럼 이제 돌아가도 되나요?"

"……그렇군요. 폐를 끼쳐서 죄송합니다."

허가를 청하자 안경 남자도 정중하게 머리를 숙여주었다.

"다만 앞으로는 오해를 부를 법한 놀이는 삼가셨으면 하네요."

"……아─, 죄송해요. 주의할게요."

그런 의미에서는 내게도 다소 잘못이 있었다. 순순히 반성하자.

어쨌든 이것으로 잘 마무리되었다.

한때는 어떻게 될까 걱정했는데, 큰일이 벌어지지 않아서 다행이네.

파출소를 나오니 하늘은 오렌지빛으로 물들어 있었다.

지금부터 연습을 재개하기에도 미묘했다.

공원으로 돌아가지는 않고 이대로 귀가하기로 했다.

"미안해. 나 때문에 귀중한 연습시간이 줄어버려서."

걸어가며 세 사람에게 사과했다.

"신경 쓰지 마세요. 덕분에 선생님의 멋진 모습을 볼 수 있었어요."

"경찰을 상대로도 물러나지 않는 오라버니, 멋있었다옹."

토우카와 사나는 싱긋 미소 짓고,

"뭐, 그러네. 하루치고는 남자다웠다고 생각해."

치즈루는 부끄러운 듯, 각자 나를 위로해주었다.

"그리 말해주니 다행이야. 집으로 돌아가면 잔뜩 쓰다듬 어줄 테니까."

"정말이세요? 에헤헤, 감사합니다♡"

"기대된다옹♡"

토우카가 오른쪽, 사나가 왼쪽에서 응석을 부리듯 팔짱을 꼈다.

따듯하고, 부드럽다.

아무래도 걷기 힘들었지만 마음이 평안해지는 것을 느 꼈다.

"……잠깐만. 길거리에서 그렇게 달라붙다가는 또 신고 당할 거야."

치즈루가 찡그린 표정으로 주의를 줬다.

지당하다고 생각했지만 두 사람은 떨어지려 하지 않았다.

"괜찮아요. 그때는 또 선생님께서 논파해주실 거예요."

"치즈루도 달라붙고 싶다면 그렇게 말하라옹."

"──나, 나는 딱히!"

얼굴을 새빨갛게 물들이고서 치즈루가 반론하려고 했다.

하지만 입가를 우물우물 움직일 뿐, 좀처럼 말을 꺼내지 않았다.

이윽고 체념한 것처럼 툭 말했다.

"……다, 다음 신호에서 둘 중에 누가 교대해줘."

"후후, 알았어요. 사나, 가위바위보해요."

"야옹."

그리고는 집에 도착할 때까지 계속 양손에 로리, 상태였다.

다행히도 신고당하지는 않고 넘어갔다.

참고로 완전히 여담인데…….

이 건에 대해서, 내 전속 메이드인 마야 씨가 재치 있는 이야기를 해주었다.

귀가해서 세면 양치질 환복을 마친 뒤.

일을 마친 마야 씨한테 로리들이 오늘 있었던 일을 보고했다.

"……뭘 하는 건가요, 당신은."

마야 씨는 내게 한바탕 설교를 하고, 마지막으로 질렸다는 표정으로 이렇게 말했다.

"밥벌레라면 아직은 괜찮지만, 뚱뚱해지지 않도록 하세요."

"예?"

영문을 몰라서 나는 고개를 갸웃거렸다.

무슨 의미일까. 밥벌레, 뚱뚱하다……

야한 걸 먼저 연상했지만 마야 씨가 그런 이야기를 할 리도 없고…….

──아아, 그런가. 뒤늦게 딱 왔다.

밥벌레가 뚱뚱해지면 **밧줄**이 되는구나.[밥벌레──기둥서방을 가리키는 일본어 히모(ヒモ)는 원래 끈을 의미한다.]

"다들! 지금 마야 씨가 재밌는 소릴 했다고!"

"──그, 그만 하세요! 그냥 야유한 거니까 적당히 흘려넘기라고요!"

물총은 이미 정리해버렸으니 그건 무리한 이야기였다.

로리들에게 공들여 설명해주었다.

물론 제대로 터져서 다들 성대하게 칭찬했다.

"아하하, 역시 마야예요."

"응, 방석 다섯 장 정도는 주고 싶네."

"마야 씨는 개그 센스도 있다웅."

"……으으……가, 감사합니다……."

부끄러워하면서도 예의 바르게 감사 인사를 하는 마야 씨.

혹시 직업에 귀천이 있다면, 메이드는 최상위의 직업이겠지.

제대로 만족했습니다.

젖어서 비쳤던 사건으로부터 며칠 뒤.

나와 로리 셋은 큰 소파에 앉아서, 2층의 오락용 방에서 애니메이션을 보고 있었다.

내 오른쪽에는 토우카, 왼쪽에는 치즈루, 무릎 위에는 사나가 앉아 있었다.

한 편이 끝날 때마다 포지션을 로테이션하는 로리 감상 시스템이었다. 미묘한 장면이라도 쓰다듬거나 꼭 안거나 하며 지루하지 않게 넘어간다는, 너무도 획기적인 시스템이었다. 특허를 취득해서 영화관에서 이 서비스를 제공한다면 어떨지 생각했지만, 엄청난 비난이 쏟아지는 미래밖에 보이지 않았기에 그냥 묻었다.

감상 중인 애니메이션은 고등학생 오타쿠들이 동인 게임을 만드는 청춘 러브코미디였다.

커다란 스크린에, 지난달에 들렀던 도쿄 빅사이트가 비쳤다.

싸움과 화해를 거듭하며 앞으로 나아가서 마침내 첫 번째 시즌의 클라이맥스인 코미케 편을 맞이했다. 직전에 트러블이 발생했지만 매상은 최고. 멋지게 완판하여 기쁨을 폭발시킨 참에 엔딩 테마가 흘러나왔다. 이것 참, 재미있었다.

다 같이 감상을 주고받으며 잠시 여운을 즐겼다.

그것도 일단락되고 홈시어터의 전원을 껐다.

디스크를 케이스에 집어넣자 토우카가 문득 떠올랐다는 듯 입을 열었다.

"그러고 보니, 선생님의 진척 상황은 어떠세요?"

"……응? 무슨 진척?"

마감 다음 정도로 듣고 싶지 않은 단어에 무심코 고개를 갸웃거렸다.

"물론 겨울 코미케용 원고예요."

"아―."

여름 코미케에 일반 참가했을 때에 [우리도 만들어보고 싶다]는 이야기가 되어서, 겨울에는 다 같이 서클로 참가하기로 했다. 문집 같은 느낌으로 합동지를 만들 예정이었다.

이미 신청은 마쳤지만 당첨 발표까지는 한 달 이상, 겨울 코미케까지는 석 달 이상이나 남아 있었다. 그러니까 진척이 되었을 리도 없었다.

"아니, 아직 아무것도 생각 안 했는데."

솔직하게 대답하자 치즈루가 미간을 찡그리며 비난했다.

"뭐? 아직 아무것도 안 했다니, 그래도 괜찮은 거야?"

"괜찮아. 오히려 지금부터 하는 건 너무 빠를 정도야."

"서두른다고 딱히 손해 볼 것도 없잖아."

뭐, 그도 그랬다. 인쇄비용 같은 건 빠른 편이 저렴하니까. 아슬아슬할 때까지 유행을 지켜보고 싶다, 그런 변명도 못 할 건 아니었지만 오리지널이라면 그것도 별로 상관 없고.

"나는 벌써 초고까지 완성했어."

"어, 정말?"

충격적인 말에 눈을 동그랗게 떴다.

"정말이야."

"저도 절반은 완성했어요."

"나도 플롯을 짰고, 남은 건 쓰는 것뿐이다옹."

긍정하는 치즈루를 따라 토우카와 사나도 당연하다는 듯이 말했다.

우와……. 우량한 진행에도 정도라는 게 있잖아…….

이랬다가 떨어지면 어쩔 생각이람.

아니, 그랬을 때는 다른 판매회에 참가하면 되겠지만…….

어쨌든 굉장하다는 말밖에 나오지 않았다.

"사나는 라이트노벨이고, 다른 두 사람은 어떤 내용이야?"

"나는 밥벌레를 기르는 장점과 단점의 고찰이야"라는 치즈루.

"저는 텐도 하루 작품 리뷰집이에요"라는 토우카.

뭐라고 할까, 둘 다 상당히 마니악한 내용이군요…….

특히 토우카 쪽은 수요가 나밖에 없지 않을까…….

뭐, 자기들이 즐기는 게 목적이니 좋아하는 걸 쓸 수 있다면 상관없다지만.

"참고로 마야는 메이드 옷의 역사에 대해서 쓰는 모양이에요.”

그건 뭐야. 읽어보고 싶어. 마야 씨라면 공들여서 정리해줄 테니까.

……하지만, 그건데. 생각했던 것 이상으로 잡탕인 동인지가 될 듯했다.

공통되는 테마 정도는 정해두는 편이 나았을지도 모르겠다.

하지만 이건 이것대로 즐거우니 딱히 신경 쓰지 않아도 될까.

완전히 자유이기에 태어나는 가치도 있을 터.

곰곰이 그런 생각을 하며, 쓴웃음을 섞어 대답했다.

“그럼 나도 슬슬 구상을 짜기로 할게.”

“예. 기대할게요.”

토우카는 싱긋 미소 지었다.

그때 문득 떠올랐다.

“그런데, 반대로 다 같이 내용을 생각하는 방법도 괜찮을지도.”

“예?”

깊이 생각하지 않고 일단 입 밖으로 꺼내보니 토우카가 눈을 끔뻑거렸다.

“우리가 원작을 맡고 오라버니가 작화를 맡는 거냐옹?”

“그런 거지.”

사나의 질문에 고개를 끄덕이고,

“모처럼의 기회니까 나 혼자서는 못 하는 걸 그려보고

싶어."

"……말은 그렇게 하지만 실제로는 그저 농땡이치고 싶은 것뿐인 게 아니라?"

치즈루가 날카로운 눈빛으로 태클을 걸었다.

"실례잖아. 그런 추잡한 이유가 아냐."

"으음, 정말로?"

"그럼 정말로. 봐, 애니메이션에서도 동료와 협력해서 게임을 만들었잖아? 그 일체감을 느껴보고 싶다는 생각이 들었거든."

모두 함께 작품을 모아서 합동지를 만든다.

이것만으로도 충분히 즐거울 거라 생각했지만, 한 걸음 더 나가보고 싶어졌다.

어쩌면 요전 날 코미컬라이즈를 거절해버린 반동도 있을지 모르겠다.

선택에 후회는 전혀 없지만, 원작이 붙은 만화를 그렸다면 어떤 화학 변화가 일어날까?

그걸 한번 경험해보고 싶었다.

"음……. 그 말을 들으니 나쁘지 않은 것 같네. 확실히 재미있을 것 같아."

"나도 찬성이다웅."

치즈루와 사나는 긍정적으로 대답해주었다.

"……으음, 그건 어떨까요."

하지만 토우카는 단정한 눈썹을 잔뜩 찡그리며 난색을 표했다.

"제게 선생님의 만화는 성역 같은 것이라, 내용에 관여하는 건 조금 꺼려지네요…….."

성역이라고 나오느냐.

과장스럽다고 생각하지만, 그리 말해주는 건 무척 기뻤다.

그렇다면 토우카의 마음을 존중하면서 모두 즐거울 길을 찾자.

잠시 생각한 뒤, 나는 떠오른 안을 꺼냈다.

"그럼 이렇게 하자. 모두가 원작 역할을 맡아준다면 그 답례로 오리지널 만화도 따로 그릴게. 그러면 어때?"

"어……. 그러니까 두 작품이나 그려주신다는 건가요?"

깜짝 놀라는 토우카.

"응. 아직 스케줄에도 여유 있으니까."

나는 미소를 지으며 고개를 끄덕였다.

"역시 오라버니. 이건 파격 세일이다옹."

가슴께 앞으로 손을 맞대고 사나가 신나는 목소리로 말했다.

"헤에─, 하루치고는 좋은 마음가짐이잖아."

치즈루도 감탄한 듯 말하고,

"하지만 하루의 입장이라면 그런 건 상관없이 그려야 될 테지만."

지당한 태클을 걸었다.

……그 말은 하지 않는 게 약속이었다.

아니, 미안. 이번에는 정말로 열심히 할 테니까…….

여름방학에 대량으로 인풋한 만큼 척척 아웃풋을 내놓을 테니까…….

"후후, 알겠어요. 그런 거라면 기꺼이 도와드릴게요."

토우카는 만면의 미소로 내 제안을 받아들여주었다.

그리고 장난스럽게 덧붙였다.

"그 대신에…… 저희한테 지지 않도록 오리지널도 노력해 달라고요?"

오, 시원스러운 도발이었다.

하지만 확실히 이걸 진다면 그야말로 면목이라고는 없는 짓이다.

전력을 다해서 최고의 만화를 그리겠다고 생각했다.

오락용 방에서 거실로 이동했다.

과자가 놓인 테이블에 둘러앉아 얼른 논의를 시작했다.

나도 작화 담당으로서 일단 참가하게 되었다.

기본적으로는 따를 생각이지만 어떤 내용이든 OK인 것은 아니었다.

천 페이지 이상의 대장편이라든지, 그런 이야기가 나와 봐야 아무리 그래도 무리니까 말이다…….

"일단 대략적인 방향성을 정하겠다웅."

창작 경험이 있는 사나가 그렇게 이야기를 꺼냈다.

"방향성이라……. 그런데 만화라는 건 보통 무엇부터 생각하는 거야?"

치즈루가 이야기를 내게로 돌렸다.

"으음, 그건 그때그때 다르려나. 배틀물이라든지 러브코미디 같은 식으로 장르부터 정하거나, 이런 주인공이나 히로인이 좋겠다고 캐릭터부터 정하거나, 아니면 시추에이션을 먼저 생각하기도 해. 비보를 찾는 모험이라든지 밀실에 살인범과 단둘이 있다든지."

"흐흠……. 그러니까 뭐든 상관없다는 거네?"

"그렇지. 그러니까 처음에는 좋아하는 게 출발점이라는 걸로 충분하다고 생각해. 굳이 말하자면, 설정이 복잡한 건 피하는 편이 좋겠어. 길어봐야 30페이지 정도로 마무리하고 싶으니까."

짧은 페이지 수로 복잡한 걸 하면 재미를 충분히 발휘할 수 없다.

뭐, 이건 내가 자주 하는 실패지만. 덕분에 스토리가 파탄나서 유리한테 엄청 퇴짜를 맞았다…….

"그렇다면 캐릭터를 먼저 만드는 게 좋다고 생각해요."

토우카가 의견을 입에 담았다.

"사실 예전부터 선생님께서 그려주셨으면 하는 캐릭터가 있거든요."

"어, 그래?"

"예."

의외의 말에 내가 눈을 반짝이자 토우카는 부끄러운지 무척 수줍어했다.

"그렇다면야 바로 말해줬으면 좋았을 텐데."

"죄송해요. 선생님께선 자유롭게 그려주셨으면 해서."

"딱히 미안해하지 않아도 돼. 존중해주는 건 기쁘니까."

조금 섭섭하다는 생각도 있지만.

뭐, 하지만 이렇게 토우카의 희망을 이끌어낼 수 있었으니 결과적으로는 OK다.

역시 원작을 부탁한 게 정답이었구나.

"그래서, 어떤 캐릭터냐옹?"

"그건 바로, 선생님이에요."

사나의 질문에 토우카는 자신만만하게 대답했다. 치즈루가 확인했다.

"……저기, 그건 『교사』라는 신분이 아니라, 하루를 말하는 거야?"

"맞아요."

토우카는 고개를 끄덕이고는 이유를 설명했다.

"선생님의 만화에는 저희를 모델로 한 캐릭터가 나오지만, 선생님 본인이 나오지는 않잖아요."

"어―, 그리고 보니 그러네."

"오라버니는 부끄럼쟁이인 일면이 있다옹."

"예. 선생님은 겸손하시니까 자신을 모델로 한 캐릭터가 활약하는 모습을 그리시긴 어려울 거라 생각해요. 하지만 선생님이라는 히어로가 활약하는 만화를, 저는 읽어보고 싶어요.”

“과연. 응, 괜찮지 않을까? 하루를 마음껏 주물럭거리는 건 재미있을 것 같아.”

“야옹, 나도. 오라버니가 주인공인 만화를 보고 싶어.”

셋의 의견이 멋지게 일치했다.

……저질러버렸다, 그리 말해야 하나.

아니, 나를 주인공으로 한다니 아무리 그래도 그건 좀 어떨까 싶은데.

만화에서 캐릭터는 가장 중요한 요소였다.

그렇기에 나는 매력적인 로리들을 모델로 삼았다.

그리고 『텐도 하루』는 꺼내지 않았다.

단순히 남자를 그리고 싶지 않다는 심정도 있었지만…… 나 같은 쓰레기를 꺼내 봐야 방해밖에 안 된다고 생각했던 것이다. 매력이 없는 캐릭터가 나온대도 기뻐할 독자는 없다.

물론 사나가 지적한 것처럼, 단순히 부끄러우니까 그런 것도 있다.

사나의 라이트노벨 삽화에서도 나를 모델로 한 캐릭터는 디자인하지 않았으니까.

뭐, 어쨌든.

로리들의 출현을 줄이면서까지 『텐도 하루』가 나올 메리트는 없다고 생각했다.

……그렇다고는 해도, 원작을 부탁한 것은 내 쪽이다.

『나 혼자서는 못 하는 걸 그려보고 싶어.』

그렇게 말한 책임은 반드시 져야만 한다.

……게다가 로리들이 만드는『텐도 하루』가 어떤 모습이 될지, 솔직히 조금 흥미도 있었다.

무엇보다도 나는 로리네 밥벌레다.

의욕이 가득한 로리들에게 찬물을 끼얹을 수는 없었다.

어쩔 수 없지. 각오를 다지고 어울려주기로 할까―.

"좋아, 알았어. 기왕 할 거라면 최고로 멋있는 나를 만들어줘."

"예, 맡겨주세요!"

"적어도 실물보다는 낫게 해줄게."

"우리가 오라버니를 빛나게 만들어주겠다옹!"

즐겁게 미소를 화악 꽃피우는 로리 세 사람.

이 미소가 보수라면 어떤 내용일지라도 값싼 대가다.

그리고 그 후.

어떻게 하면『텐도 하루』를 매력적인 주인공으로 만들 수 있을지 세 사람은 진지하게 논의했다.

"역시 예상 밖의 언동으로 상식을 박살내는 게 선생님의 가장 큰 매력이라고 생각해요."

모델에 충실파(?)인 토우카.

"그건 알지만 모처럼 만화로 그리는 거니까 다른 일면을 이끌어내는 것도 괜찮지 않을까? 제대로 일하고 의지가 되는 어른 남자라는 느낌으로 하자."

갱생파(?)인 치즈루.

"그보다 중요한 건 어떤 이능력을 지니고 있느냐다옹."

중2파(?)인 사나.

"아뇨, 선생님이 멋진 건——."

"아니아니, 이리 보여도 하루는 의외로——."

"야옹, 오라버니는——."

격렬하면서도 전혀 의견이 모이지가 않아서…….

구체적인 설정은 다음에 또 정리하기로 하고, 오늘은 이쯤에서 끝이 났다.

9월 중순의 어느 날.

내 방 침대에서 뒹굴거리며 만화를 읽고 있자니 로리들이 학교에서 돌아왔다.

"다녀왔어요!" "다녀왔어—." "다녀왔다옹—."

생글거리며 인사하고 얼른 침대로 올라왔다.

본래라면 곧바로 만화를 덮는 게 정답이겠지만 중간에 끊기가 영 어려웠다.

"어서 와—. 미안해, 조금만 기다려줘."

그리 대답을 하고 이대로 마지막까지 읽었다.

그동안에 세 사람은 가위바위보를 하더니 이긴 치즈루가 희희낙락하게 내 등에 올라타고 토우카가 오른쪽, 사나가 왼쪽에 달라붙었다.

햇님 같은 따뜻함과 말랑한 부드러움과 달콤한 향기.

로리도 완전 개방의 로리로리 월에 둘러싸여, 나는 거의 움직일 수가 없게 되었다.

뭐, 하지만 만화는 읽을 수 있으니 딱히 문제는 없었다.

3분 정도 만에 끝까지 읽고 만화를 덮었다.

치즈루는 등에서 내려오게 하고, 셋과 마주하듯 몸을 일으켰다.

그러자 곧바로 토우카가 물었다.

"선생님, 뭘 읽고 계셨나요?"

『간호사 호출은 세 번까지!』라는, 병원이 무대인 만화."

표지를 보여주며 대답했다.

의문의 질병(재채기를 하면 초현실적인 현상이 벌어진다)으로 입원하게 된 주인공이 메인 히로인인 미인 간호사를 시작으로 다른 입원환자나 문병객들과 와자지껄하는, 조금 야한 우당탕탕 러브코미디였다. 공공장소에서는 기본적으로 소란을 피워서는 안 되지만, 그중에서도 가장 정숙해야 할 병원에서 엉망진창 사태가 벌어지는 게 무척 즐거웠다.

"재미있냐옹?"

내 옆구리를 쿡쿡 찌르며(그만해) 사나가 물었다.

"응, 느긋한 러브코미디를 좋아한다면 추천한다는 느낌. 클리셰적인 전개라도 무대가 특수하면 신선하게 보이는구나—해서 공부가 되었어."

예를 들면 진부한 전학생 소재라든지.

코너에서 부딪힌 서브히로인과 싸우고, 그 후에 병실이 같다는 사실을 알고서,

『——아앗, 너는 그때 그?!』

『——뭐어? 너랑 옆 침대라니 최악이거든!』

그런 대화에는 웃고 말았다.

자리가 옆인 건 몇 번이나 봤지만 아무리 그래도 침대는 처음이었다. 과연 그렇구나—라는 느낌.

"야옹. 착실하게 공부하다니, 오라버니 대단하다옹."

자그마한 손으로 내 머리를 칭찬하듯 쓰다듬었다.

"예, 역시 선생님이세요."

토우카도 쓰다듬었다.

그런 스위티한 친구들과는 달리 치즈루는 날카로운 시선으로 표지를 가리켰다.

"……그런 소릴 해봐야, 사실은 이 거유 간호사한테 낚였을 뿐이잖아?"

"뭐, 그것도 있지."

이 만화의 가장 큰 매력이라는 것은 부정하지 않겠다. 구입한 이유도 적중했다.

"하지만 공부가 된 것도 정말이야."

"흐응……. 그렇다면 나도 조금만 포상을 줄게."

살짝 뺨을 물들이고 치즈루도 쓰다듬어주었다.

아니, 딱히 쓰다듬어달라는 건 아니었는데.

나쁜 기분은 아니지만 아무리 나라도 부끄러웠다.

"선생님은 메이드 말고 간호사도 좋아하시나요?"

"어—, 그러네."

솔직하게 묻는 토우카를 보고 쓴웃음을 지으며 대답했다.

"여름 코미케에서 너희가 사준 간호사 동인치 있지?"

"예, 임무로 손에 넣은 녀석이었죠."

"그래, 그거. 그게 기대 이상으로 좋았거든. 내 마음속에서 간호사를 다시금 평가했어."

이상한 이야기, 오타쿠 업계에 한정하면 간호사는 메이드보다 마이너한 직업이었다.

그러니까 이제까지 나는 간호사의 매력을 깨닫지 못했다.

"그건 좋은 일이네요. 좋아하는 게 늘어난다면 만화의 폭도 넓어지겠죠."

토우카는 싱긋 미소 지었다.

정말로 그래. 그런 의미에서도 역시 인풋은 중요하구나, 응.

"아, 그렇지. 혹시 괜찮으면 시뮬레이션에 어울려주지 않을래?"

"시뮬레이션, 이라고요?"

토우카가 고개를 갸웃거렸다.

"응, 실제 병원에 취재를 가는 건 어렵잖아? 그러니까 셋에게 내 전속 간호사 역할을 맡기고 입원 생활이 어떤 느낌인지 시험해보는 거야."

"과연! 괜찮은 것 같아요!"

"야옹, 나도."

토우카는 쾌히 승낙하고 사나도 야옹야옹 손을 들어주었다.

"……예이예이, 나도 어울려줄게."

치즈루도 두 사람을 흘끗 보고 한숨 섞어 말했다.

"하지만 뭔가 보답이 있었으면 좋겠어. 공짜로 해주는 건 재미없는걸."

"그런가요? 저는 선생님께 도움이 될 수 있어서 영광이라고요?"

"나는 아냐. 적어도 쓰다듬기 티켓 정도는 있었으면 해."

"야옹. 확실히 없는 것보다는 있는 편이 좋다옹."

셋의 이야기를 듣고 나는 떠오른 생각을 입에 담았다.

"그럼 대결 형식으로 할까. 전에 했던 캬바쿠라 같은 느낌으로. 그리고 우승자에게는 특제 공주님 티켓을 증정할게."

참고로 공주님 티켓이란, 내게 공주님 안기를 받을 수 있는 티켓이었다.

쓰다듬기는 가볍게 할 수 있지만 공주님 안기는 상당한 체력이 소모된다.

그렇기에 그럭저럭 레어해서, 발행하는 것은 코미케 보수 이후로 처음이었다.

로리들은 눈을 반짝였다.

"와, 그건 굉장해요! 열심히 할게요!"

"응, 그러네. 거기에 혹하는 건 분하지만, 그거라면 의욕을 내볼게."

"정정당당하게 승부다옹!"

예상 이상으로 좋은 반응에 나는 작게 웃음을 흘렸다.

그렇게 되어서.

『제1회 최강의 로리 간호사 결정전!』이 개최되는 결과가 되었다.

가능하다면 마야 씨도 참석해주면 좋겠지만 안타깝게도

밑에서 업무 중이었다.

선불리 말을 걸었다가는 대회 자체가 중지되어버릴지도 모르기에 이번에는 보류하기로 했다.

얼른 세 사람은 옷을 갈아입도록 탈의실——옷장으로 들여보냈다.

승부는 바로 지금부터 시작이었다.

내가 딱히 먼저 지정한 건 없으니까 말이다.

내 코스프레 콜렉션 중에서 자유롭게 고르면 되는 걸로 했다.

즉, 각자의 개성과 내 취향.

양쪽을 고려할 필요가 있기에 고도의 간호사력(力)을 시험할 수 있다.

그것들을 바탕으로 세 사람은 어떤 의상을 입을까……?

두근두근하며 기다리길 잠시.

옷장 문이 천천히 열리고 백의를 입은 천사들이 강림했다.

"오오—, 셋 다 최고야!"

"에헤헤, 감사합니다."

박수를 치며 칭찬하자 토우카는 기쁜 듯 수줍어했다.

몸에 걸친 것은 하얀 간호사 옷이었다.

게다가 하얀 간호사 모자를 쓰고 있었다.

이것이야말로 왕도. 엄청 귀여워서 보는 것만으로도 힐링된다.

검은 머리카락과의 상성도 발군이라 청순파인 토우카에

57

게 잘 어울렸다.

"으으……. 핑크색이라서 이걸로 했는데 어쩐지 생각했던 것보다 야할지도……."

치즈루는 부끄러운 듯 뺨을 물들이고서 연신 옷자락을 신경 쓰고 있었다.

본인이 말한 것처럼 핑크색 간호사 옷이었다.

물론 모자도 분홍색이었다.

그리고 무엇보다도 시선을 끄는 것은 절대영역이겠지. 상당한 미니스커트에 니삭스를 신고 있었다. 현실의 병원에서는 전혀 존재하지 않겠지만 만화적으로는 그야말로 정의라는 느낌이었다.

"오라버니의 나쁜 부분은 내가 전부 치료하겠다옹."

사나는 청진기를 한 손에 들고 중2병 느낌의 포즈를 취하고 있었다.

간호사 옷이 아니라 예상치 않았던 백의였다. 고양이귀 의사였다.

너무도 변화구라서 이미 취지에서 벗어났지만……. 뭐, 귀여우니까 그냥 넘어가자.

여의사도 간호사와 마찬가지로 좋아하니까.

그보다 신경 쓰이는 건, 낙낙한 사이즈인데도 밑에 아무것도 안 입은 듯이 보인다는 것이었다. 괜찮을까……. 괜찮다고 믿고 싶다.

어쨌든.

삼인삼색, 각자 무척 매력적이었다. 이 시점에서는 동률이라고 생각했다.

　"그럼 나는 개인실 입원환자라는 설정으로 침대에 있을 테니까, 한 사람씩 상태를 보러 와줘. 제한시간은 1인당 10분. 아는 사이가 아니라 환자와 간호사라는 관계로 대할 것."

　"예." "응." "야옹."

　"순서는 어떻게 할래?"

　"처음이 좋아요!" "몇 번이든 상관없어." "주역은 늦게 나오는 거라웅."

　깔끔하게 나뉘었구나. 그러고 보니 캬바쿠라 때도 이런 흐름이었던가.

　딱히 바꿀 이유도 없으니 그대로 토우카, 치즈루, 사나 순서로 했다.

　나는 침대에 눕고 치즈루와 사나는 관전용으로 옮겨둔 의자에 앉았다.

　스마트폰 알람을 세팅하고 준비 완료. 토우카에게 말했다.

　"그럼 언제든 들어와도 돼."

　"예."

　셋 중에서 으뜸인 포용력을 자랑하는, 돌봐주는 데에는 스페셜리스트인 니조 토우카.

　얼마나 간호사다운지 잔뜩 체험하도록 하자.

"실례할게요."

가공의 문을 벌컥 열고 토우카가 다가왔다.

그대로 당연하다는 듯이 침대로 올라와서 내 바로 옆에 무릎 꿇고 앉았다.

갑자기 이건 간호사의 거리감이 아니잖아요…….

보통이라면 침대 옆에 서 있을 뿐이겠지.

그렇다고는 해도 킹사이즈니까 어쩔 수 없나.

아무리 유능한 간호사라도 환자에게 손이 닿지 않으면 간호를 할 수는 없다.

"텐도 씨, 별일 없으신가요?"

명랑하게 그리 물었다.

역시 토우카. 보는 것만으로도 기운을 주는 미소였다. 훌륭하다.

이런 간호사가 있다면 입원을 해도 즐겁게 보낼 수 있을 것 같았다.

"어, 그러게요."

나는 대답을 생각하며 천천히 몸을 일으켰다. 누워 있자니 대화를 나누기 힘들었다.

커다란 비즈쿠션에 등을 기댔다. 처음부터 이 자세로 하는 게 나았을지도 모르겠다.

뭐, 그건 넘어가고……. 자, 그럼 어떻게 대답할까.

『조금 열이 있는 것 같아요.』『나른해요.』『배가 아파요.』

그런 말을 한다면 극진히 간호해주겠지.

하지만 그건 따지자면 간호사보다도 의사의 영역인 것 같았다.

애당초 이건 간병 이벤트가 아니었다. 입원 생활의 시뮬레이션이지.

병실에서 보내는 일상이야말로 간호사의 진가를 알아볼 수 있는 게 아닐까.

그리 생각해서, 나는 일부러 이렇게 대답했다.

"아뇨, 딱히 없네요."

"그러신가요. 그건 다행이네요."

토우카는 싱긋 웃고는 이어서 질문했다.

"아침 식사는 제대로 드셨나요?"

"어, 예."

"정말인가요? 채소도 편식 않고 제대로 드셨나요?"

"먹었어요."

"오오, 잘했어요."

칭찬하며 머리를 쓰다듬었다. 부드러운 손길이 기분 좋았다.

"그럼 화장실은 혼자서 갈 수 있으세요?"

"예."

"열심히 노력했군요."

그러면서 또 쓰다듬어주었다.

뭘까. 시뮬레이션 전에도 셋이 쓰다듬어줬는데, 오늘은 쓰다듬기 데이일지도 모르겠다. 칭찬을 받으니 나쁜 기분은 아니었지만 아주 살짝 겸연쩍었다.

그런 생각을 하자니 관전석에서 코멘트에 들렸다.

"식사나 화장실에 가는 것만으로 잘했다니, 아무리 그래도 너무 거창한 거 아냐?"

"야옹……. 하지만 안정을 취하는 게, 어떤 의미로는 환자의 일이다옹."

"어─, 그런가. 그 말을 듣고 보니 칭찬해준 게 더 나았다 싶네."

사나의 의견에 치즈루는 납득한 모습이었다.

과연. 밥벌레 생활에서는 만화를 읽으면 칭찬을 받는 것과 마찬가지로, 입원 생활에서는 제대로 식사를 하고 안정을 취하면 칭찬을 받는 건가.

"하지만 그렇다고 해서 쓰다듬는 건 지나치지 않나?"

치즈루의 그런 지당한 태클에,

"최첨단 의료기술을 가지고 환자를 돌봐주는 게 우리 경영방침이에요."

토우카는 가슴을 펴고 대답했다. 굉장한 병원인데. 최고잖아.

"그럼, 괜찮을 거라 생각하지만 일단 열을 재도록 할게요."

확실히 체온은 기본이지.

컨디션이 나빠도 약이나 주사를 피하기 위해서 환자가 거짓말을 하는 경우도 있을 테고.

하지만 체온계 같은 도구가 있었나?

"양팔을 벌려주시겠어요?"

"이렇게요?"

의문스럽게 생각하면서도 시키는 대로 팔을 벌렸다.

"예, 잠깐만 실례할게요."

그리 말하며—— 꼬옥.

토우카가 정면에서 안겨들었다.

로리 특유의 감촉에 감싸여 반사적으로 마주 안았다.

"——앗!" "——야옹!"

동시에 관전석에서 놀란 목소리가 들리고 비난하는 듯한 시선이 날아들었다.

하지만 지금은 토우카의 턴이라서 그런지 불평을 하지는 않았다.

나는 곤혹스레 물었다.

"저기……. 체온계는 안 쓰나요?"

"저희 병원에서는 이렇게 재요♡"

……최첨단 의료기술은 어디로 가버렸담.

아니면 간호사님의 체내에는 나노머신 같은 게 있어서 그걸로 측정할 수 있다는 설정이라든지? SF와 간호사의 조합은 별로 본 적이 없지만 의외로 괜찮을까.

"이렇게 하면 체온 말고도 컨디션을 구석구석까지 알 수 있을 것 같아요."

호오……. 아니, 알 수 있을 것 같다니. 기술이라기보다는 감이로군요.

허나 여기서 태클을 거는 것도 촌스럽겠지. 이야기를 맞춰주자.

"호오, 그건 굉장하네요. 그런데 이거 얼마나 걸리나요?"

"두 시간이에요."

"기네요."

"그게 유일한 단점이에요. 아, 조금 더 힘껏 안아도 될까요?"

"아, 예."

"음……. 그래요, 감사합니다♡"

토우카는 행복하다는 듯 한숨을 흘렸다.

뭐, 음…….

확실히 사람의 살결에는 상당한 릴랙스 효과가 있다는 걸 어디선가 들은 적이 있다.

그러니까 이건 이것대로 의료 행위라고 하지 못할 것도 없었다.

하지만 제한시간까지 이대로 있는 것도 역시나 좀 그랬다.

관전석에서 날아드는 시선도 날카로워지니 체온 측정은 이 정도로 하자.

"어, 죄송해요. 몸 구석구석까지 조사하진 않아도 되니까 좀 더 짧게 안 될까요?"

"으음, 개인적으로는 추천하지 않지만 일단 간이 모드도 있어요."

"그럼 그쪽으로 부탁할게요. 두 시간이라면 근무 시간을 초과해버릴 테니까."

"아뇨, 환자분을 위해서라면 잔업도 마다하지 않겠어요!"

"훌륭한 마음가짐이지만 과다한 업무는 좋지 않아요."

"으음, 알겠어요……."

토우카는 미간을 축 늘어뜨리며 아쉽다는 듯 내게서 떨어졌다.

"어때요? 열은 있었나요?"

"저기, 30도에서 40도 사이에요."

"……대략적이네요."

"간이 모드니까요. 하지만 평상시 체온이라고 생각해요."

"그건 다행이네요."

"……다만 조금 신경 쓰이는 부분이 있어요."

"어, 뭐죠?"

눈을 반짝이며 묻자 토우카는 진지한 표정으로 진단 결과를 이야기했다.

"쓰다듬기 부족이에요."

"쓰다듬기 부족."

"예."

"…………뭔지 설명을 해주실 수 있을까요?"

"간단히 말하면, 운동 부족의 일종이에요. 짚이는 게 없으신가요?"

"어―, 그러고 보니 오늘은 쓰다듬기를 받았을 뿐이지 제가 한 적은 없었어요."

"역시."

토우카는 바로 그거라는 듯 검지를 세워들고,

"쓰다듬기에 체내 밸런스를 가다듬는 역할이 있다는 건 미국 라이스버그 대학 연구로 밝혀졌어요. 매일 빼먹지 말고 하세요."

"죄송해요."

부족한 건 쓰다듬기보다 태클이 아닐까.

"참고로 머리카락이 검고 긴 여자아이가 특히 좋다고 해요. 텐도 씨의 지인 중에 그런 여자아이는 있나요?"

"간호사님뿐이에요."

"후후, 어쩔 수 없네요—."

토우카는 무척 기쁜 듯 미소 지었다.

간호사 모자를 벗고 윤기 나는 머리를 이쪽으로 향했다.

"그렇다면 특별히 제 머리를 쓰다듬어도 된다고요?"

입원환자는 기본적으로 간호사가 하는 말을 들어야 한다.

그렇지 않더라도 이렇게까지 귀엽게 조르니 거절할 수 있을 리도 없었다.

찰랑찰랑하는 검은 머리카락을 빗듯이 공들여서 쓰다듬었다.

"에헤헤, 어떤가요? 컨디션이 좋아졌죠?"

"예, 그런 건 같아요."

"이대로 한동안 계속하세요."

"알겠어요."

"이것도 건강을 위한 일이에요. 열심히 하세요."

건강을 위해서 열심히 쓰다듬었다.

"……응, 이제 됐어요."

몇 분 동안 계속하자 토우카는 만족스럽게 말했다.

그리고 이불을 툭툭 두드렸다.

"그럼 슬슬 낮잠 시간이에요."

"아, 그런 시간이 있었군요."

"예, 저희 병원은 수면을 무척 중요시해요. 낮잠은 잘 주무시나요?"

"그때그때 달라요. 졸릴 때는 간단하지만 안 졸릴 때는 어렵죠."

"정말이지, 어쩔 수 없네요."

토우카는 쿡쿡 웃고는 이불을 들추었다.

"그럼 제가 같이 자드릴게요. 열심히 낮잠을 자도록 하죠."

낮잠을 열심히 잘 것까지야 있을까 의문이었지만, 나는 환자이고 그녀는 간호사.

아무것도 생각하지 않고 그저 따르면 되는 것이다…….

"잘 부탁드려요."

로리 간호사와 달라붙으며 이불로 들어갔다.

너무나도 기분이 좋아서 정말로 꾸벅꾸벅할 뻔했을 때——날카로운 전자음이 울렸다.

타임 오버였다. 이불에서 나와 스마트폰 알람을 껐다.

훌륭한 간호사 분위기를 여봐란 듯이 선보인 토우카를 보고 치즈루와 사나가 신음했다.

"……어쩐지 엄청 농밀한 10분이었어."

"토우카의 간호 테크닉…… 무시무시하다옹."

나도 동감이었다. 아니, 정말로. 설마 이렇게까지 잘 돌봐주다니…….

지나치게 굉장해서 마지막에는 사고력을 빼앗기던 참이었다.

"간호사라는 건 이렇게나 멋진 직업이었군요. 무척 즐거웠어요."

토우카는 만면의 미소를 지으며 올려다보는 시선으로 나를 바라봤다.

"선생님은 어떠셨어요? 괜찮은 취재가 되셨나요?"

"응, 무척 참고가 되었어. 고마워."

"그것참 잘 되었네요! 득점은 어떤가요?"

"으음, 그러네—. 그건 셋 다 마친 다음에 발표할게."

만점.

그리 말하고 싶은 참이었지만, 나머지 두 사람이 어떻게 하느냐에 따라서 순위가 어찌 될지는 알 수 없었다.

우선은 보류하기로 했다.

토우카가 침대에서 내려가고 치즈루가 의자에서 일어섰다.

"그럼 다음은 내 차례네."

"응. 잘 부탁해."

셋 중에서 가장 상식이 있으며 독설과 배려의 전문가, 탄

69

자와 치즈루.

그녀의 얼마나 간호사다운지 잘 살펴보도록 하자.

"실례할게."

가공의 문을 벌컥 열고 치즈루가 다가왔다.

그대로 침대로 올라와서 내 옆에 털썩 앉았다.

무릎을 꿇지 않고 평범한 여자아이들처럼 앉았다. 미니스
커트라서 허벅지가 좋은 느낌으로 눈부셨다.

이건 만화적으로 포인트가 높다. 노린 건 아닐 테지만.

참고로 이번에 나는 처음부터 쿠션으로 등을 기댄 상태
였다.

"……잠깐만, 어딜 보는 거야."

시선을 들자 나를 향해 무지하게 날카로운 눈빛이 날아들
었다.

"어, 허벅진데요."

"──! 화, 환자 주제에 간호사를 야한 눈으로 보지 말
라고!"

솔직하게 대답하자 새빨간 얼굴로 나를 매도했다.

주제에, 라니. 환자를 상대로 그렇게까지 독설을 하는 간
호사도 또 어쩌려나.

"이것 참─. 야한 눈이 아니라 창작자의 눈이에요. 게다
가 저한테 보여주고 싶어서 그런 짧은 스커트를 입은 거잖

아요?"

"아, 아니야, 바보! 이건 제복일 뿐이지 이상한 의도는 없어! 어쨌든 빤히 쳐다보는 건 금지!"

치즈루는 거칠게 말하고 옷자락을 잡아당기며 10센티미터 정도 죽죽 내렸다.

그리고는 어흠 헛기침을 하고 화제를 바꾸었다.

"⋯⋯그, 그보다도 텐도 하루, 몸 상태는 어때?"

부끄러움을 감추려는 의도도 있어서 그런지 상당히 난폭한 말투였다.

"딱히 문제는 없네요."

"그래, 그럼 됐어."

"식사도 남기지 않고 잘 먹었어요."

득의양양한 표정으로 그리 말하며 머리를 살짝 치즈루 쪽으로 기울였다.

"그래."

하지만 쌀쌀맞은 대답으로 넘어가 버렸다.

"⋯⋯어, 칭찬해주지 않는 건가요?"

"그 정도로 칭찬할 리가 없잖아. 환자의 응석을 지나치게 받아주지 않는 게 우리 방침이야."

어, 그런 거구나. 토우카와는 다른 방향으로 공략하겠다는 건가.

로리 모성으로 간호해주지 않는 건 아쉽지만⋯⋯ 전략으로서는 올바르다고 생각했다.

토우카와 같은 필드에서 싸워봐야 아마도 승산은 없을 테니까.

치즈루에게는 치즈루의 장점이 있다.

그 개성을 살려주는 편이 만화의 소재 측면으로도 고마운 일이고 개인적으로도 기뻤다.

……좋아. 그쪽이 그리 나온다면 나도 치즈루에 맞춘 환자를 연기해야 하지 않겠나.

나는 "윽" 하며 가슴을 눌렀다.

"——잠깐, 왜 그래?"

"가, 갑자기 발작이……."

"정말? 괜찮아?"

걱정스레 내 얼굴을 살피는 치즈루.

나는 고통스러워하는 연기를 하며 애원했다.

"으으…… 죄송해요, 간호사님. 발작을 멈추기 위해서 부탁을 드려도 될까요?"

"어, 뭔데? 물? 약? 뭐든 말해!"

"간호사님의 허벅지, 쓰다듬어도 될까요?"

"응, 알았어——아니, 될 리가 없잖아!"

"우왁!"

퍽, 베개가 안면으로 날아들었다. 역시 치즈루. 훌륭한 태클이었다.

"세상에, 너무해! 이렇게나 괴로워하고 있는데!"

"너무한 건 네 요구가 더 너무하지! 어째서 발작을 멈추기 위해서 허벅지를 쓰다듬을 필요가 있다는 거야!"

"아니, 잊어버렸나요? 제가 무슨 병으로 입원했는지."

"처음부터 들은 적도 없거든!"

"……그건 간호사로서는 실격 아닌가요?"

냉정하게 태클을 걸자 치즈루는 "윽……" 말문이 막히더니,

"시끄러워! 너한테 리소스를 할애할 만큼 나도 한가하지 않다고! 내가 아니라 현장의 체제에 문제가 있는 거야!"

당당하게 뻔뻔한 소리를 꺼냈다.

하지만 실제로 의료 현장은 상당히 가혹하다는 모양이었다.

카르테가 있으니까 무슨 병인지 모를 일은 없을 테지만.

"……그래서 대체 무슨 병인데?"

살짝 진절머리가 난다는 태도로 물었다. 이제는 요만큼도 걱정하지 않는구나.

나도 발작 연기는 내다버리고 2초 만에 떠오른 적당한 병명을 입에 담았다.

"절대 영역 신드롬이에요."

"절, 어?"

치즈루가 눈을 끔뻑거리며 당황했다.

아, 그런가. 절대 영역이라고 해도 평범한 사람은 모르나.

"절대 영역이라는 건 이 영역을 가리키는 거예요."

손을 들어 치즈루의 니삭스와 치마 사이를 가리키고,

"다른 이름으로는, 허벅지 신드롬이라고도 해요."

"그게 무슨 병이야!"

"일정 시간 허벅지를 감상하지 않으면 죽음에 이르는, 무척 성가신 병이에요. 현재 치료방법은 발견되지 않았어요."

"……그러니까, 머리가 아픈 거구나."

치즈루는 한숨을 내쉬고 단적으로 실례되는 소리를 했다.

"그보다도 그런 시답잖은 거에 신드롬 같은 말을 붙이는 게 아냐. 신드롬이 가엾잖아."

나를 매도하고 싶은 마음에 결국 신드롬을 옹호하고 나섰다…….

"그럼 슬슬 허벅지를 감상해도 될까요?"

"**그럼**이라고 넘어갈 게 아니잖아, 바보. 그러니까 안 된다고 했잖아."

"어, 지금 완전히 받아주는 흐름이었죠?"

"대체 어디가!"

"하지만 환자를 구하는 게 간호사의 사명인 거 아닌가요?"

"구할 길 없는 바보도 세상에는 있거든."

"어어……."

차가운 응대에 나는 보란 듯이 어깨를 늘어뜨렸다.

"그렇군요……. 저 같은 쓰레기는 살아있을 가치가 없는 거군요……."

"……딱히 그런 소리까지 하진 않았어."

치즈루가 미간을 찌푸렸다.

"됐어요. 동정 따윈 그만둬요. 저는 이제 이 병원을 떠날 게요. 간호사님의 허벅지에 닿을 수 없다면 입원해 있을 의미는 없어요."

눈물을 참듯이 하늘을 올려다봤다.

"……아아, 정말정말 안타까워요. 당신의 절대 영역은 정말로 멋진데. 전국 어디를 찾아봐도 이만한 허벅지는 발견하지 못하겠죠……."

"흐, 흐응…… 그, 그렇게나 내 허벅지가 좋아?"

치즈루는 마음에 없지도 않다는 듯 뺨을 물들였다.

"물론이에요. 닿게 해준다면 제 발작도 즉시 멈추겠죠."

"아직도 계속 발작 중이었구나."

"으윽……."

또다시 가슴을 누르고 고통스러워하는 목소리를 흘렸다.

그리고…… 흘끗, 재촉하듯 치즈루를 쳐다봤다.

"…………아아, 정말이지. 알았다고."

치즈루는 깊이 한숨을 내쉬고는 자기 허벅지를 탁탁 두드렸다.

"쓰다듬는 건 안 되지만, 대신에 무릎베개를 해줄게. 그러면 되겠어?"

"만세! 감사합니다!"

그 말에 기꺼이, 나는 얼른 치즈루의 무릎에 머리를 맡겼다.

매끈매끈하고 말랑하고 따뜻하다. 무릎베개는 이제껏 몇 번이나 해줬지만 로리 간호사로서 해주니 또 각별한 운치가 있구나…….

"어, 어때? 이걸로 상태는 나아질 것 같아?"

위에서 들린 목소리에 시선을 들었다.

완만한 가슴 너머로 치즈루의 붉은 얼굴이 보였다.

"아一, 최고야……."

"그, 그래…… 그렇다면 됐어."

안도했는지 작게 한숨을 흘리고 부끄러운 듯 고개를 피했다.

"……이거 말고 또 원하는 게 있다면 말해봐."

"어, 그래도 되나요?"

"일단 나는 네 간호사니까. 겸사겸사."

"감사요. 그럼 절 칭찬해주세요."

아까 토우카가 해준 게 좋았기에 가벼운 기분으로 부탁해봤다.

과연 치즈루라면 어떤 느낌이 될지.

"……칭찬할 게 없는 경우에는 어떻게 하면 되지?"

이런, 갑자기 디스당하고 말았다.

"그걸 찾아내는 게 간호사의 테크닉이라고요."

"그런 말을 해도…… 어, 으음……."

치즈루는 잠시 생각에 잠기고는 자신 없다는 듯 입을 열었다.

"……쓰레기인데도 살아있어서 장하다? 라든지?"

와―, 이건 너무하네. 칭찬하는 게 너무도 서투르니까 도리어 유쾌했다.

대체 나한테 얼마나 칭찬할 게 없다는 거냐…… 같은 생각을 해서는 안 된다.

솟구치는 웃음을 씹어 삼키고 대답했다.

"예, 그런 느낌으로 착착 해주세요."

"아, 알았어."

치즈루는 고개를 끄덕이고, 이번에는 내 머리를 쓰다듬으며 리퀘스트에 응해주었다.

"항상 침대에서 느긋하게 보내서 장하네."

……그건 적어도 안정을 잘 취해서, 라고 바꿔 말해야 하지 않을까.

"터무니없는 요구도 전혀 거리낌 없이 하다니, 도리어 굉장하네."

제대로 자기 의견을 말할 수 있다, 라는 표현도 있는 것 같은데.

"너 같은 쓰레기를 입원시키다니, 우리 병원에는 감탄할 따름이야."

이제는 말투의 문제가 아니잖아. 칭찬하는 대상이 병원으로 바뀌었다고.

하지만 동시에 진행되는 쓰다듬기를 통해 치즈루의 상냥함이 제대로 전해져서 절실하게 힐링되었다.

"간호사님도 이런 저를 신경 써주셔서 감사합니다."

"정말로 그렇다니까. 칭찬하고 싶으면 더 해도 된다고?"

"대단해대단해."

"──아니, 어딜 쓰다듬는 거야?!"

머리를 쓰다듬어준 보답으로 허벅지를 쓰다듬었더니 화를 냈다.

"죄송해요, 또 발작이 일어나서 무심코."

"무심코는 무슨! 정말이지, 그렇게나 허벅지가 좋으면 이렇게 해줄게!"

치즈루가 다리를 떡 벌려 무릎 위에서 떨어뜨리는가 싶더니──.

"──앗."

그대로 바이스처럼 허벅지 사이에 내 머리를 끼웠다.

"후후후, 이러면 발작도 멈추겠지?"

가학적인 웃음을 띠고 치즈루가 꽉 조여들었다.

하지만 로리의 힘인지라 전혀 아프지 않았다.

그러기는커녕 말랑말랑을 전력으로 느낄 수 있었다.

나는 본래 가슴파이지만 다리의 매력도 다시금 생각하게 되었다.

다음에는 만화에서도 허벅지가 나오는 컷을 늘려볼까 싶었다.

그런 일을 하는 사이에 제한시간이 지나고 알람이 울렸다.

"치즈루다운, 츤데레를 살린 좋은 간호였다웅. 결국 잔뜩 응석을 받아줬다웅."

"후후후, 그러네요. 하지만 선생님 곁에 있으면 아무래도 모성본능을 자극받아버리니 어쩔 수 없다고 생각해요."

사나와 토우카가 그런 감상을 늘어놓았다.

모성본능이라는 건 나로서는 조금 알 수 없는 부분이지만, 좋은 간호였다는 건 확실했다.

토우카와 우열을 가리기 어렵구나.

오히려 오전과 오후 교대제로 와준다면 최강이었다.

뭐, 일단 동점이라는 걸로 해두자.

"어때, 하루? 내 간호는 참고가 될 것 같아?"

치즈루는 어렴풋이 뺨을 물들이고 쭈뼛쭈뼛 물었다.

"응, 엄청 좋았어. 고마워."

간호사 모자 위로 머리를 톡톡 두드리며 감사 인사를 했다.

치즈루는 가볍게 한숨을 돌리고 츤츤대는 말투로 말했다.

"뭐, 그만큼 했으니까 당연하지."

"치즈루는 어땠어?"

"으음, 그러네. 일단 간호사가 힘든 직업이라는 건 알았어."

그러게. 실제로 성희롱 같은 게 없지도 않을 것 같고…….

"하지만 놀이로서는 꽤나 즐거웠어."

"그럼 다행이고."

나는 웃음을 흘리고 다시 한번 머리를 톡톡 두드렸다.

"그럼 다음은 사나 차례구나."

관전석 쪽을 돌아보자 사나가 자신에 찬 표정으로 일어섰다.

"진정한 주역 등장이다옹."

셋 중에서 가장 무엇을 할지 알 수 없는 고양이귀 트릭스터, 코모리 사나.

얼마나 간호사다운지──여의사이긴 하지만──찬찬히 즐겨보도록 하자.

"실례한다옹."

가공의 문을 벌컥 열고 사나가 다가왔다.

나는 쿠션에 등을 기대고 앉아서 두근두근대며 기다렸다.

사나니까 갑자기 무언가를 시작할 가능성이 높았다.

그리고 아니나 다를까, 라고 할까 뭐라고 할까…….

침대로 올라온 사나는 주저 없이 내 무릎 위에 걸터앉았다.

"텐도 하루 군. 뭔가 신경 쓰이는 건 있었냐옹?"

의사를 연기하는 건지 새침한 표정으로 물었다. 나는 쓴웃음을 지으며 대답했다.

"그러네요. 우선 이 거리감이 신경 쓰여요."

"야옹?"

깜짝 놀라는 사나.

81

"아니, 보통 환자 위에 앉지는 않잖아요?"

"그런 거 모른다옹. 우리 병원에서는 이게 보통이다옹."

"정말인가요."

"야옹. 딴 병원은 딴 병원, 우리는 우리다옹. 진찰하려면 가까운 편이 좋다옹."

뭐, 그렇게 말하면 따를 수밖에 없다.

"그래서, 수술 경과는 어떠냐옹?"

"으음, 그게요——아니, 잠깐만."

흘려들을 수 없는 단어가 아무렇지도 않게 나왔다.

"……저, 어느새 수술을 받은 건가요?"

"어제 했다옹. 마취가 너무 잘 되어서 기억이 애매해진 거냐옹?"

흠, 여기서 기억상실 설정인가.

상투적이지만 나쁘지 않은 설정이었다. 서스펜스에도 개그에도 쓸 수 있다.

"아, 그럴지도 모르겠네요."

일단 어울려주기로 했다.

"그런데, 어떤 수술을 받았나요?'

"그것도 기억나지 않냐옹?"

"예, 죄송해요. ……역시 큰 수술이었나요?"

"그렇게까지 큰 수술은 아니었다옹. 내 실력이라면 5분 정도다옹."

"아, 그런 건가요."

안도한 듯 가슴을 쓸어내리고 다시 물었다.

"그래서, 중요한 내용은?"

"개조인간이 되는 수술이다옹."

"…………개조인간?"

"그렇다옹."

고양이귀 닥터는 자랑스레 가슴을 폈다.

아니, 그 동작은 귀엽긴 하지만…….

으음, 그런가. 나, 개조당해버렸나.

"그보다도, 5분 만에 개조되어버렸나요?"

"당연하다옹. 나를 누구라고 생각하는 거냐옹?"

"누군데요?"

"닥터 위치 코모리 사나다옹."

"──엇, 당신이 그 이름 높은……?"

잘 모르겠지만 일단 어울려주는 방침으로.

사나는 득의양양하게 흐흥 웃었다.

"그렇다옹. 세계 제일의 마술 의사가 바로 나다옹. 귀중한 비약을 아낌없이 사용해서 전부 네 요청대로 해줬다옹."

"오오, 감사합니다."

마술 의사라는 단어에 놀라며 미소와 함께 감사인사를 했다.

고양이귀를 달고 있는 만큼 평범한 의사는 아니었나보다.

마술과 과학이 교차하는 계열의 세계관일까. 괜찮네─, 그런 거 싫지 않아.

"그런데 저는 어떤 요청을 했나요?"

"이것저것 있지만, 우선은 손이다옹."

"손?"이라며 무심코 양손을 봤다.

설마 로켓펀치를 쏠 수 있게 되었다든지? 아니면 드릴로 변형되나?

아니, 그래서는 별로 마술 같지 않구나.

영적인 존재를 만질 수 있다든지, 무(無)에서 검을 생성할 수 있다든지, 닿는 것만으로 모든 마술을 무효화한다든지, 그런 느낌일지도 모른다. 점점 기대가 높아지는데.

"잠깐만 내 머리를 쓰다듬어보라옹."

시키는 대로, 오른손으로 사나의 머리를 쓰다듬었다.

"야옹～♡"

사나는 기분 좋은 듯이 눈을 가늘게 뜨고 아기고양이처럼 울었다.

그리고는 득의양양한 표정으로 "어떠냐옹?"이라며 물었다.

"……어니, 어떠냐고 해도."

"모르겠냐옹? 이전보다 30퍼센트나 쓰다듬기력(力)이 향상되었다옹."

그런 걸 어떻게 알아.

하지만 확실히 30퍼센트는 굉장한데. 정말이라면 개조할 가치는 있었다.

아무래도 로리네 밥벌레에게 쓰다듬기는 필수기능이니까 말이지.

내가 요청했다는 것도 납득이 가네.

"다른 곳은 또 어디를 개조했나요?"

"허리다옹."

"오―, 중요한 곳이로군요."

한자 허리 요(腰) 자를 봐도 알 수 있듯이, 그 말에는 몸 안의 핵심이라는 의미로『요긴할 요(要)』자가 포함되어 있다.

허리가 나간다면 책상 앞에 앉는 것조차 괴로워지니 강화해서 나쁠 건 없었다.

"시험해볼 테니까 말 포즈를 취하라옹."

사나가 일단 내 무릎 위에서 내려와서 지시를 했다.

이 시점에서 어찌어찌 결과는 보이지만……. 일단은 순순히 따랐다.

그리고 네 발로 엎드린 내 허리에 사나가 척하니 걸터앉았다. 그렇겠지요.

"이대로 잠깐 걸어보라옹."

엉덩이를 찰싹찰싹 얻어맞고 침대 위를 빙글 돌았다.

"냐하하, 이건 재미있다옹."

내 견갑골 부분에 손을 얹어 균형을 잡고 사나는 신이 나서는 말했다.

즐거워해주니 나도 즐거워졌다.

여자아이를 태운 회전목마는 이런 기분일까, 그런 생각을 하며 놀이기구 느낌을 내기 위해 일부러 위아래로 흔들어보기도 했다.

문득 관전석의 토우카와 치즈루가 시야에 들어왔다.

둘 다 부러움과 분함이 뒤섞인 눈빛으로 이쪽을 보고 있었다.

어쩌면 이것도 밥벌레에게 필요한 기능일지도 모르겠다…….

"어떠냐옹?"

원래 위치로 돌아와서 정지하자 고양이귀 기수가 물었다.

애써 뒤를 돌아보니 역시나 득의양양한 표정이었다.

"어쩐지 전보다 빨리 달릴 수 있는 것 같아요."

"그건 잘 됐다옹. 하지만 내구력은 변함이 없으니까 무리는 금물이다옹."

그리 말하고 사나는 만족했는지 허리에서 내려왔다.

어루만지듯 허리를 쓰다듬고 또다시 원래의 자세(내 무릎 위)로 돌아왔다.

"다른 곳은 또 어디를 개조했나요?"

나는 다음 개조 포인트를 물었다.

뒤죽박죽인 듯하면서도 이건 의외로 공부가 되었다.

사나가 해줬으면 하는 것들을 간접적으로 알 수 있으니까 말이다.

……하지만 이제 와서 닥터 위치는,

"나머지는 나도 잊어버렸다옹."

아무렇지도 않게 그리 말했다. 그건 너무하네…….

"어어—, 카르테 같은 건 없나요?"

"비밀유지를 위해서 그런 기록은 남기지 않았다옹."

"그렇다면 기억하고 있어야죠."

"위기 상황이 되면 멋대로 각성할 테니까 괜찮다옹."

아―, 그런 사양인가…….

현실의 의료에서는 있을 수 없는 일이지만 만화라면 나름 대로 유효했다.

정보를 조금씩 내놓아서 흥미를 불러일으키고 다음 페이지로 넘게 만드는 것이다.

그렇다고는 해도 너무 아끼는 것도 좋지 않기에 세세한 조절이 어려운 거지만.

"지금부터는 평범하게 진찰하겠다옹."

"아, 부탁드려요."

"일단 벗으라옹."

꾸벅 머리를 숙였더니 또다시 시원스레 허들이 높은 소리가 튀어나왔다.

"어."

"심장의 소리를 듣겠다옹."

"……정말로 벗는 건가요?"

"당연하다옹. 빨리 하라옹."

"……알았어요."

여기서 우물쭈물하는 것도 남자답지 않다. 목욕탕에서 몸을 씻어준 적도 있는 사이니까 상의만 벗는 거라면 괜찮나, 그런 생각으로 순순히 셔츠를 벗어던졌다.

"……좋다옹."

사나도 부끄러운지 어렴풋이 뺨을 물들이고 있었다.

관전석의 두 사람도 마찬가지로 얼굴을 붉히고(하지만 시선은 피하지 않고) 코멘트했다.

"……윽, 벗는 건 아무리 그래도 지나치지 않나……?"

"……아뇨, 의사라면 당연한 행위니까 문제없다고 생각해요."

이에 대해서는 토우카의 말이 올바르겠지.

오히려 의사놀이를 한다면 결코 피해서는 안 되는 길이었다.

만화에서도 빠뜨려서는 안 되는 약속이라는 건 존재한다.

"그럼 듣겠다옹."

사나는 내 가슴을 처덕처덕 만진 뒤, 귀를 딱 댔다.

물론 고양이귀가 아니라 진짜 귀 쪽이었다.

사나의 뺨이 따뜻하고 부드러웠다.

……다만 목에 걸고 있는 도구는 그냥 장식일까.

"저기, 청진기는 안 쓰나요?"

이건 역시 태클을 걸지 않을 수 없었다.

"나 정도 되면 이걸로 알 수 있다옹."

"……실제로 들어보니 어떤가요?"

"살아있다는 건 확실하다옹."

그건 굳이 심장박동을 안 들어봐도 알 수 있잖아.

"아, 지금 뭔가 이상한 소리가 났다옹."

"어, 정말인가요?"

"조용히 하라옹!"

단호하게 일갈하고 사나는 집중해서 귀를 기울였다.

긴박한 분위기가 잠시 이어졌다.

이윽고 천천히 내게서 떨어지더니 미간을 찌푸리고 말했다.

"역시 좋지 않은 기척이다옹…… 정밀검사를 하겠다옹."

"……정밀검사?"

"요전에 내가 막 개발한 마도구를 사용하겠다옹. 누우라옹."

상반신 나체 상태로 드러누웠다.

사나는 주머니에서 스마트폰을 꺼내어 사진 몇 장을 찰칵 찰칵 찍었다.

아무리 그래도 찍히는 건 부끄러운데…….

뢴트겐 같은 거라 생각하고 참았다.

촬영한 뒤, 사나는 화면을 잡아먹을 듯이 바라보고 무겁게 중얼거렸다.

"……예상보다 더 침식당했다옹……."

"침식?"

"이걸 보라옹."

그러면서 화면을 이쪽으로 돌려주었다.

내 복부 부근에 검은 그림자가 있었다.

너무 검어서 아무리 봐도 CG…… 즉, 이 자리에서 사진을 편집한 걸로 여겨졌지만 물론 그런 촌스러운 태클은 걸지 않았다.

나는 마른침을 꿀꺽 삼키고 긴장한 기색으로 물었다.

"……이건 뭔가요?"

"이건 굉장히 위험한 녀석이다옹."

"……뭐, 뭐가 어떻게 위험한 건가요?"

사나는 스마트폰을 주머니에 집어넣고 심각한 표정으로 설명했다.

"세상에는 굉장히 위험한 녀석이 존재하는 건 알고 있냐옹?"

"예."

"그 굉장히 위험한 녀석이, 굉장히 위험한 상태가 되어 있다옹."

"……윽."

놀라울 정도로 의미가 전달되지 않았지만 일단은 분위기에 맞추어 숨을 삼켰다.

세계 제일의 마술 의사가 그리 말한다면 나름대로 큰 사태이리라.

떨리는 목소리로 물었다.

"선생님, 이대로라면 저는 어떻게 되어버리는 거죠?"

사나는 눈을 내리깔고 무척 말하기 어렵다는 듯이 대답했다.

"……최악의 경우, 밥벌레 생명이 끊어질 거라옹."

"——세, 세상에……!"

선수 생명, 같은 걸로 해석하고 나는 슬픔에 잠겼다.

"……거, 거짓말이죠? 선생님, 거짓말이라고 해주세요. 그게, 제게서 밥벌레를 뺀다면 대체 뭐가 남는다는 건가요? 아무것도 안 남는다고요! 제게는 밥벌레밖에 없어요!"

그러나 사나는 고개를 내저었다.

"정말이다옹."

"——으웃…… 그럼 저는 더 이상 밥벌레 코시엔에 나갈 수 없는 건가요?"

"마술 의사로서는 어렵다고 할 수밖에 없다옹."

"젠장!"

주먹으로 이불을 내리쳤다. 오열과 함께 갈 길 없는 감정을 토로했다.

"으윽, 어째서 내가 이런 꼴을 당해야만 하는 거야……. 이제까지의 노력이 전부 허사가 되어버리는 거냐고……. 밥벌레 코시엔에 나가기 위해서, 그것만을 위해서 매일 열심히 뒹굴거렸는데……!"

매일 아침 빼먹지 않고 다시 자고, 만화나 게임으로 지치면 낮잠을 자고, 외출을 꺼려서 쇼핑은 기본적으로 인터넷을 이용했다. 그런 쾌락의 나날이 뇌리를 지나갔다. 애당초 밥벌레 코시엔이 뭐냐는 생각도 오갔다. 세계관이 엉망진창이었다. 이런 식으로 마음 내키는 대로 설정을 추가하니까 유리한테도 시나리오가 지리멸렬하다고 혼이 나는 거구나…….

하지만 사나에게는 세이프였는지,

"어렵겠지만…… 불가능하다고 하진 않았다옹."

절망의 어둠으로 물든 내게 희망의 빛을 보여주었다.

"내가 사용하는 비술을 모두 다한다면, 어쩌면 그림자를 없앨 수 있을지도 모른다옹."

"정말인가요?!"

"야옹. 다만 리스크가 무척 높다옹. 성공률은 몇 퍼센트다옹."

"그걸로 충분해요! 꼭 해주세요!"

"실패한다면 하루에 여덟 시간까지밖에 못 자는 몸이 되어버린다옹?"

"상관없어요! 조금이라도 밥벌레로서 살 수 있는 길이 있다면, 저는 거기에 모든 걸 걸겠어요!"

"그 말을 듣고 싶었다옹."

사나는 싱긋 미소 짓고는 드높이 선언했다.

"지금부터 긴급수술을 진행하겠다옹!"

그리고 관전석에 말을 걸었다.

"간호사 두 사람도 도와달라옹!"

"──예!"

토우카는 그 자리에서 대답하며 일어서고,

"어, 괜찮아……?"

치즈루는 당황한 듯 이쪽을 봤다.

대회의 규칙상 괜찮은지 걱정하는 거겠지.

물론 평범하게 생각하면 안 되겠지만…… 승패보다 중요한 것도 있다.

나는 고개를 끄덕였다.

"부탁드려요! 여러분의 힘으로 제 밥벌레 생명을 구해주세요!"

"환자를 구하기 위해 힘을 합치는 거다웅!"

"알겠습니다! 제가 할 수 있는 일이라면 뭐든 말씀하세요!"

"아, 알았어! 잘 모르겠지만, 나도 노력할게!"

토우카와 치즈루도 침대로 올라왔다.

그러는 동안에 나는 스마트폰을 조작해서 알람을 꺼두었다.

마침 사나의 제한시간이 끝나가는 참이었다.

……그리고 그 후.

"굉장히 위험한 녀석의 적출 수술을 시작하겠다웅! 둘 다 준비는 됐냐용!"

"예!" "응!"

"우선은 마취부터다웅. 두 사람 몫도 있다웅."

"감사합니다." "아니, 이거 붓이잖아. 어떻게 쓰는 거야?"

"이걸로 환부를 간질간질해서 직접 치료하는 거다웅. 그리고 붓이 아니라 마도구다웅. 의료기구로 치면 메스 같은 거다옹.”

“과연. 이런 느낌인가요?”

“──아하하하!”

“호오, 이건 꽤나 유쾌한 도구잖아.”

“──후하하하!”

“잠깐, 너무 움직이면 안 된다옹.”

“──잠깐, 정말로, 이제, 한계⋯⋯!”

“야옹, 바이털 저하! 치즈루, 허벅지 마사지다옹!”

“어어?!”

“빨리 하라옹! 이대로는 버티지 못한다옹!”

“으⋯⋯ 알았어.”

“토우카는 환자의 멘탈을 유지하기 위해서 계속 주무르는 거다옹!”

“알겠습니다! 텐도 씨는 다시 자는 게 정말로 능숙하시다고 생각해요!”

“바로 그거다옹! 텐도 군도 힘내라옹! 오늘밤이 고비다옹!”

“죽을힘을 다해서 죽지 않도록 힘내! 허벅지 쓰다듬어도 되니까!”

“물 흐르는 듯한 성희롱, 무척 멋지다고 생각해요!”

“⋯⋯여러분, 뭘 하는 건가요?”

"""""——윽?!"""""

상황을 보러온 마야 씨에게 혼이 날 때까지 나는 로리 수술을 계속 받았다.

마취 대신에 연필로 찌르거나, 메스 대신에 붓으로 여기저기는 간질이는 통에 너무도 힘겨웠지만, 셋 다 즐거워하니 열심히 견뎠다.

참고로 상품은 치료비라는 명목으로 셋에게 지불했다.

만에 하나의 경우를 위해서 로리 보험에 가입하는 편이 좋을지도—, 라고 생각했다.

로리 샤브샤브(노팬)

9월 하순의 휴일. 저녁.

토우카와 내 방 침대에서 적당히 늘어져 있자니.

──꼬르륵.

실로 알아듣기 쉬운 소리가 울려 퍼졌다.

나는 쿡쿡 웃으며 입을 열었다.

"최근에는 무척 서늘해졌으니, 식욕의 가을이라는 건가?"

"──어, 지금 건 제가 아니라고요?!"

토우카는 얼굴을 새빨갛게 물들이고 전력으로 항의했다.

"어어, 정말로─? 부끄러워하지 말고 솔직하게 이야기해 보렴?"

"정말로 제가 아니에요! 절대, 절대로 아니에요!"

"알았어. 믿을게."

나는 토우카의 주장을 시원하게 받아들였다.

"……그보다도 지금 건 선생님 배에서 난 거죠?"

"뭐, 그렇지."

날카로운 눈빛으로 추궁하기에 이 또한 시원하게 긍정했다.

"역시! ──아니, 그럼 어째서 절 의심하신 거예요?"

"아니, 어쩐지 모르게. 그러면 토우카가 어떻게 반응할까, 궁금해서.”

“그게 뭐에요, 너무해요!”

토우카는 입술을 삐죽 내밀었다. 떡처럼 부드러울 것 같았다.

“정말이지, 아무리 선생님이라도 해도 되는 성희롱과 하면 안 되는 성희롱이 있으니까요.”

해도 되는 괴롭힘은 과연 괴롭히는 거라 할 수 있을까……?

그런 의문은 있었지만 나쁜 건 전적으로 나니까 순순히 사죄했다.

“미안미안.”

“……정말로 반성하시나요?”

“반성해.”

“그렇다면 제대로 성의를 보여주세요.”

그리 말하며 아무렇지도 않게 머리를 기울였다.

찰랑찰랑 흘러내리는 듯한 검은 머리카락에, 나는 살짝 손을 얹었다. 『사죄 쓰다듬기』였다.

“제가 잘못했습니다.”

“에헤헤, 용서할게요.”

1분 정도로 용서받았다.

손을 떼고 물었다.

“뭐, 그래서 배가 고파졌는데 오늘 저녁은 어떻게 할지 정했어?”

“아뇨, 딱히 정한 건 없어요. 선생님은 뭔가 드시고 싶은

게 있으세요?"

"으—음, 딱히 뭐든 괜찮은데, 굳이 말하면 고기 기분일까."

"고기인가요."

토우카는 잠시 생각에 잠기더니 손뼉을 짝 쳤다.

"아, 그렇다면 샤브샤브는 어떠세요?"

"오, 괜찮네."

"마침 선생님과 같이 먹어보고 싶다고 생각한, 굉장한 샤브샤브가 있어요."

"호오, 어떤 건데?"

슈퍼 아가씨가 『굉장하다』고 보증하는 샤브샤브.

대체 얼마나 굉장한지 강한 흥미가 샘솟았다.

토우카는 싱긋 웃으며 그 요리 이름을 입에 담았다.

"노팬 샤브샤브예요."

"⋯⋯뭐라고?"

"노팬 샤브샤브예요."

"⋯⋯⋯⋯⋯."

뭐, 일단은 말문이 막히네.

토우카는 이따금 터무니없는 강속구(폭투)를 던지고는 하지만, 이건 역대 강속구 중에서도 상당한 녀석이었다. 진심으로 기대하고 있던 만큼 낙차가 어마어마했다.

……분명히 노팬 샤브샤브는 버블 시대에 있던 특수한 가게였지.

접객을 하는 누님이 노팬티라는, 최고로 머리가 나쁜 시스템이었다.

하지만 음식비로 경비를 처리할 수 있었기에 정치가 등에게는 인기였다나.

참고로 어째서 내가 이런 걸 알고 있냐면, 인터넷으로 조사한 적이 있기 때문이다. 왜 조사했는지는 신경 써선 안 된다. 남자에게는 이런저런 사정이 있는 법이다.

그러나 여자아이, 그것도 초등학생이 알고 있다면 이건 좀 문제였다.

출처를 확인해둘 필요가 있었다.

혹시 불손한 녀석이 이상한 바람을 불어넣은 거라면……
즉시 신고해주마.

크게 숨을 내쉬어 멘탈을 가다듬었다. 차분한 목소리로 물었다.

"미안해, 토우카. 그 말을 어디서 들었어?"

"요전 날에 출석한 파티에서요. 지인인 사장님이 즐겁게 이야기하는 걸 듣고 어떤 건지 간단히 가르쳐달라고 했어요."

아아, 또 그 패턴인가…….

요전에 했던 SM도 그렇지만, 부자 중에는 변태밖에 없는 거냐…….

아니면 돈을 가지면 사람은 누구든 변태성을 들어내는 걸까……?

"간단히, 라는 건 자세히 가르쳐주지는 않았다는 거지?"

"예, 맞아요. 선생님을 위해서라도 꼭 자세한 내용을 듣고 싶었지만, 갑자기 일이 들어왔다고 해서 시간이 부족했어요……."

토우카는 안타깝다는 듯이 눈을 내리깔았다.

이것도 SM 때와 똑같았다. 역시 사장 정도 되면 최소한의 절도는 지키는 모양이었다. 신고는 관두도록 하자.

덕분에 내가 수고를 하게 되었지만…… 이것도 밥벌레의 책무라고 생각하고 대응해야겠지요.

"그럼 얼마나 배운 거야?"

"우선, 무척 몸에 좋은 요리라고 들었어요."

"몸에 좋아?"

"예. 온갖 속박에서 해방되어 릴랙스할 수 있다든지 혈액순환이 좋아진다든지, 그런 다양한 장점이 있다나 봐요."

……그거, 노팬티 건강법이랑 뒤섞였잖아.

아니, 토우카를 속이기 위해서 일부러 거짓말을 했나.

"조리법만 알 수 있다면 일반 가정집에서도 간단히 만들 수 있다는 모양인데…… 선생님은 알고 계세요?"

토우카를 올려다보는 시선으로 나를 바라봤다.

여기서 시치미를 떼고 『모르니까 평범한 샤브샤브를 먹자』 같은 식으로 어떻게든 대답해두면 이야기는 원만하게 수습되겠지. 하지만,

──선생님이시라면 알고 계실 게 틀림없다.

그런 기대를 품고 있는 게 여실히 느껴져서 긍정할 수밖에 없었다.

"뭐, 응, 간략하게는."

"오오─, 역시 그러시군요."

토우카는 짝짝 박수를 치고 기쁜 듯 미소 지었다.

이 미소를 위해서라면 나는 노팬 샤브샤브 박사라도 될 수 있다.

"그럼 어떤 요리인지 가르쳐주세요."

"그건 괜찮은데, 토우카는 어떤 요리라고 생각해?"

그냥 가르쳐줘봐야 재미없으니까 퀴즈 형식으로 해봤다.

"으음, 그러네요……."

10초 정도 진지하게 생각하고 토우카는 대답했다.

"이름을 보면, 노팬과 샤브샤브를 조합한 요리라고 생각해요."

"뭐, 그렇지. 그럼 노팬이 뭘 의미하는지 알아?"

"문제는 그 부분이에요. 솔직히 모르겠어요……. 샤브샤브용 고기랑 매치되는 특별한 빵[일본어로 팬티의 팬과 빵은 같은 발음(パン)이다.]이라고 생각하는데……."

어, 그런가. 그쪽 빵을 상상하는 거구나.

커틀릿 샌드위치처럼 고기를 끼운 먹을 것 같은.

뭐, 그러지 않고서야 당당하게 제안하진 않으려나.

나는 쓴웃음을 짓고 말했다.

"아니, 거기서 팬은 먹을 수 없는 거야."

"? 프라이팬인가요?"

"아니, 팬티."

귀엽게 고개를 갸웃거리는 토우카에게, 나는 정답을 가르쳐줬다.

"노팬티——그러니까 팬티를 입지 않고 먹는 거야."

정확하게 말하면 노팬티가 되는 건 점원뿐이고 먹는 사람이 노팬티가 될 필요는 없지만, 몸에 좋다는 말과 앞뒤를 맞추기 위해서 그렇게 해두었다.

"예엣?!"

토우카는 얼굴을 새빨갛게 물들이며 경악했다.

"——아, 알몸으로 먹는 건가요?"

"아니, 알몸이 아니라. 팬티 이외의 옷은 제대로 입으니까."

"……과연. 그러면 외견상으로는 문제없겠네요."

"하지만 부끄럽긴 부끄럽잖아? 억지로 노팬이 아니더라도, 나는 평범한 샤브샤브면 돼."

노팬 샤브샤브에 흥미가 없다면야 거짓말이지만, 토우카에게 그걸 부탁할 정도로 변태는 아니었다. 맛있는 고기를 먹을 수 있다면 개인적으로는 대만족이었다.

그러나 토우카는 의연한 표정으로 고개를 가로저었다.

"아뇨, 선생님께서는 건강을 유지하셔야만 해요. 꼭 시험해봐요!"

"……내 건강을 위해서라면 노팬티가 되는 것도 무릅쓰겠다고?"

"당연하죠."

눈을 부릅뜨는 나를 향해 토우카는 힘껏 즉답했다. 기특한 데도 정도라는 게 있다고…….

"……알았어."

토우카가 그렇게까지 의욕이 넘친다면 밥벌레인 나는 그저 따를 뿐이다.

그리고 전력으로 즐기자. 스스로를 위해서도, 토우카를 위해서도.

미소야말로 최강의 조미료다!

"그럼 우리가 만들자! 전설의 요리, 노팬 샤브샤브를!"

"예!"

"준비는 토우카한테 맡겨도 될까?"

내가 시작한다면 확실하게 마야 씨한테 얻어맞을 테니까 말이지…….

"물론이죠! 전부 제게 맡기세요!"

──좋아! 이걸로 노팬티 메이드 확정이다!

이런, 단숨에 텐션이 올라갔다!

"고마워! 역시 토우카, 의지가 되잖아!"

"영광이에요!"

"노팬 샤브샤브로 건강한 신체를 얻는 거야!"

"열심히 해요!"

하나둘, 파이팅.

우리는 주먹을 들어올렸다.

그래서, 항상 이용하는 심부름센터에 부탁하고 한 시간 뒤.

1층 식탁에 최고급 샤브샤브 세트가 준비되었다.

쇠고기, 돼지고기, 채소는 물론이고 폰즈, 참깨 양념장, 고명도 빈틈없었다.

엄청 맛있어 보여서 입안에 침이 고이는 걸 느꼈다.

"다 같이 전골이라니 어쩐지 두근두근하네."

재료를 보고 치즈루의 입가가 느슨히 풀렸다.

"불러줘서 고맙다옹."

사나는 고양이 장식처럼 손을 까딱까딱 움직였다.

둘 다 토우카의 초대에 응해주어 조금 전에 막 도착했다.

"잔뜩 있으니까 마음껏 드세요."

"고마워, 마야 씨." "감사히 먹겠다옹."

마야 씨가 다정하게 미소 짓고 둘은 신이 난 목소리로 대답했다.

지금부터 노팬 샤브샤브를 할 아이들로는 안 보이는구나.

참고로 로리 셋은 편한 사복이고 기이하게도 다들 치마를 입고 있었다.

마야 씨는 평소처럼 메이드 옷이었다. 원피스니까 실질적으로는 치마였다.

──좋아, 즐거운 식사가 될 것 같다.

화기애애한 분위기에 나는 뺨을 느슨히 풀었다.

정말로 토우카 님 만세였다. 저 마야 씨를 잘도 설득할 수 있었구나.

──아니, 잠깐만.

그 시점에서 어느 가능성을 깨닫고, 나는 등줄기가 떨렸다.

……어, 혹시 토우카가 세 사람한테 제대로 설명을 안 했나……?

심하게 불안해진 내게, 어렴풋이 뺨을 물들인 토우카가 이야기했다.

"그럼 선생님, 슬슬 마지막 준비를 할까요."

"어어, 그러네……."

두근두근하며 고개를 끄덕였다. 이제 돌이킬 수는 없다…….

"마지막 준비? 아직 뭐가 더 있어?"

"예. 오늘은 스페셜한 샤브샤브에요."

치즈루가 고개를 갸웃거리고 토우카는 싱긋 웃으며 대답했다. 이걸 보고,

"어, 그런가요?"

마야 씨는 눈을 반짝이고,

"스페셜…… 좋은 울림이다옹."

사나는 싱긋 웃었다.

……아니나 다를까, 셋 다 아무것도 모르는 모양이었다.

이건 위험한데. 토우카에게 준비를 맡긴 내 잘못이지만, 지금부터 노팬티를 설득하려면 그야말로 죽어날 텐데. 섣불리 행동했다가는 물리적인 의미로 그리 될 수도 있다……

허나 그렇다고 해서 평범한 샤브샤브로 하자고 타협할 수도 없었다. 나는 토우카와 약속한 것이었다. 노팬 샤브샤브를 먹기로.

나는 도리어 뻔뻔한 태도로 명랑하게 말했다.

"그러니까 다들, 팬티를 벗어줘."

"…………어?" "…………야옹?" "…………예?"

치즈루, 사나, 마야 씨는 그 순간 굳어버렸다.

너무나도 포근했던 분위기가 순식간에 시베리아처럼 변했다.

"………." "………." "………." "………." "………."

시간이 멈춘 것처럼 다섯 명의 침묵이 자리 잡았다.

예상보다도 더 기겁하고 있었다.

혼이 날 각오는 했지만, 이미 그런 차원이 아닌 듯했다.

셋은 그저 불쌍하다는 눈빛으로 나를 보고 있었다.

나는 식은땀이 그치질 않았다. 식사 전임에도 복통이 느껴지는 것 같았다.

도움을 청하듯 토우카에게 시선을 보냈다. 토우카는 어째 선지 양손으로 얼굴을 덮고 있었다. 자세히 보니 어깨가 가볍게 떨리고 있었다. 이제 와서 노팬티가 되는 건 부끄럽다고 생각한 걸까? 아니면 쓰레기의 얼굴 따윈 보고 싶지 않다는 의사표시일까? 그렇다면 너무도 괴롭다. 토우카에게 버림받는다면 나는 여자 초등학생한테 갑자기 팬티를 벗으라고 요구한, 신화급의 변태가 되어버리잖아.

처음으로 입을 연 것은 태클 역할의 치즈루였다.

"……저기, 바보 하루. 지금 뭐라고 그랬어?"

"팬티를 벗어달라고 했어."

"죽는 게 어때?"

담담한 말투로, 이 세상에서 졸업할 것을 권유했다.

기분은 아플 정도로 알겠지만, 물론 아직 죽을 수는 없었다. 노팬 샤브샤브를 먹을 때까지, 어떤 일이 있어도 이승에 매달려 있을 거다.

"……오라버니, 피곤하냐옹? 오늘은 이만 쉬는 편이 좋겠다옹."

나를 달래듯 상냥한 말투로 말하며 어깨를 툭 두드렸다.

안타까운 걸로 정평이 난 고양이귀 사나에게 걱정을 살 정도로 지금의 발언은 에러였을까. 이건 어떤 의미로 치즈루의 독설보다도 마음에 사무쳤다.

"……대체 무슨 의도로 그런 소릴 했죠?"

진심으로 지긋지긋하다는 말투로 마야 씨가 물었다.

"물론 노팬 샤브샤브를 하기 위해서야."

"……아무래도 당신과의 생활은 여기까지인가 보네요."

마야 씨의 눈동자가 오싹할 정도로 차가워졌다.

아, 이건 정말로 위험해. 좀 지나치게 까불었다.

"──윽, 토우카! 설명해줘!"

황급히 발기인에게 변호를 청했다.

한심하다는 건 알지만, 더는 체면 따윌 생각할 때가 아니었다.

그런 나와는 달리 토우카는 예상 밖의 리액션을 취했다.

──선생님은 잘못이 없어요! 라며 감싸주는 것도 아니고.

──실망했어요. 선생님의 팬을 관두겠어요. 라며 뿌리치지도 않고.

"──아하하, 안 되겠어요, 이젠 못 참겠어요."

어째선지 즐겁게 웃음을 터뜨렸다.

그 말투를 보기에는 아무래도 계속 웃음을 참고 있던 듯했다.

"정말이지, 선생님은 정말로 쓰레기네요─. 여자아이한테 갑자기 그런 소리를 하면 당연히 화낼 수밖에 없잖아요. 제대로 순서를 지켜서 설명해야죠."

……어, 그러는 토우카도 갑자기 터무니없는 단어를 날렸잖아.

뭐, 하는 말이야 완전히 옳다지만.

다만 나도 잘되라고 생각해서 한 거라고.

내가 예상 밖의, 쓰레기 같은 언동을 하면 로리들이 기뻐해 주니까 말이다.

아무리 나라도 그런 자각도 없이 『팬티를 벗어줘』같은 소리를 할 정도로 바보는 아니다.

실제로 토우카에게는 제대로 먹혔다. 그 밖의 다른 이들에게는 성대하게 빗나가버렸지만…….

셋은 깜짝 놀라서 토우카를 바라보고 의아하다는 듯이 고개를 갸웃거렸다.

그중에서 가장 먼저 말을 꺼낸 것은 치즈루로, 독기가 빠진 태도로 물었다.

"……그러니까 어떻게 된 거야?"

"노팬 샤브샤브를 하자고 한 건 사실 저예요."

어쩐지 자랑스럽게 토우카가 대답했다.

"……애당초 노팬 샤브샤브라는 건 뭐야?"

"팬티를 입지 않고 샤브샤브를 먹는 거예요."

"……왜 그런 짓을 하는데?"

"건강을 위해서요."

미간을 찌푸린 그녀들에게 토우카는 사장에게서 얻은 정보를 차근차근 이야기했다.

"그건 굉장하다옹. 안 할 이유는 없다옹."

사나는 금세 혹해서는 당장에라도 팬티를 벗을 것만 같을 정도로 눈을 반짝였다.

"예, 그래요."

그리고 만족스럽게 미소 짓는 토우카.

그런 둘과는 달리 치즈루는 믿을 수 없다는 듯 의문을 드러냈다.

"어어, 팬티를 벗는 것만으로 정말 그런 효과를 얻을 수 있어?"

"솔직히 모르겠어요."

토우카는 의외로 고개를 가로저었다.

"어, 확증은 없는 거야?"

치즈루가 눈을 끔뻑였다.

이건 나도 동감이었다. 완전히 믿고 있을 거라 생각했다.

"그러네요. 경험자의 이야기를 듣기로는 나름대로의 설득력은 있다고 생각했지만, 과학적인 데이터가 제시된 것 아니니까 어쩌면 단순한 플라시보 효과일지도 몰라요."

노팬은 모르면서 플라시보 효과라는 말은 알고 있구나. 여전히 지식이 편향되어 있었다. 참고로 일단 대충 이야기하면, 생각하는 힘만으로 실제 효과가 나타나는 것을 가리키는 말이다. 인간의 뇌는 굉장하다.

"하지만 시험해볼 가치는 있다고 생각하지 않아요? 치즈루의 말처럼 필요한 건 팬티를 벗는 것뿐이니까요. 이게 정말로 효과가 있다면 이익이에요."

"확실히 로우 리스크 하이 리턴이다옹."

토우카의 주장에 사나가 동의했다. 물론 치즈루는 반론했다.

"······팬티는 벗는 건 상당한 하이 리스크 아냐?"

이 경우에는 오히려 로리 리스크라는 느낌이었다.

아니, 그냥 말해봤을 뿐이지 딱히 재미있다고 생각한 건 아닙니다.

"팬티 말고 다른 옷은 입을 수 있으니까 집 안에서라면 문제없어요."

"으음, 그래도 어쩐지 물리적으로······."

"참고로 미용에도 좋은 모양이라 유명한 여배우 등등도 습관적으로 하는 모양이에요."

"어, 그래?"

"예. 『레이디의 소양』이라나 봐요."

"흐흥, 레이디라····· 그렇다면 조금 시험을 해봐도 괜찮으려나."

토우카에게 설득당하여 치즈루가 긍정적인 태도가 되었다.

이 또래 여자아이는 성인 여성에게 동경을 품는 법이니까.

굳이 말할 것도 없이, 여배우가 한다는 건 노팬 샤브샤브가 아니라 노팬티 건강법 쪽이겠지. 해외 등지도 포함해서, 전라로 잔다는 유명인은 생각보다 많다.

"그럼 건강과 미용을 위해서, 다 같이 노팬 샤브샤브에 도전하죠."

"어쩔 수 없네, 어울려줄게."

"어른의 계단을 오르는 거다옹."

토우카가 다시금 말하자 치즈루와 사나도 찬성했다.

당황한 것은 마야 씨였다.

"――어어, 정말로 하는 건가요?!"

"물론이에요. 그러려고 이렇게 준비했으니까."

토우카는 단호하게 대답하여, 악의라고는 일절 없이 마야 씨를 몰아붙였다.

"마야도 할 거죠?"

"――윽…… 저, 저도 말인가요……?"

"예. 제게 마야는 선생님과 똑같은 정도로 소중한 존재니까요. 건강에는 신경을 써줬으면 해요."

진지하게 이야기하는 토우카에 이어서 치즈루와 사나도 말했다.

"그러네. 마야 씨는 안 그래도 업무량이 많은데 하루의 메이드 같은 스트레스가 격한 역할까지 맡고 있으니 가끔은 걱정돼."

"팬티를 벗고 릴랙스하는 거다옹."

"으으――그, 그 마음은 정말로 기쁘지만……."

로리 셋의 상냥한 말에 마야 씨는 얼굴을 물들이고 우물쭈물했다.

그리고 잠시 망설이는가 싶더니 내게 날카로운 시선을 보냈다.

"……잠깐만 따라와요."

"어? 왜?"

"중요한 이야기가 있으니까요. ——죄송해요, 세 분은 잠시 기다려주세요."

셋에게 꾸벅 인사를 하고, 마야 씨가 내 팔을 꽉 붙들었다. 다짜고짜 끌려갔다.

2층까지 올라간 참에 걸음을 멈추고 나를 벽으로 밀어붙였다.

갑작스러운 벽쿵에 내 심장이 두근 뛰었다.

다만 두근두근 1, 공포 9의 비율이었다. 그게, 살기가 장난이 아닌걸…….

가볍게 대여섯 명은 저세상으로 보내버릴 법한 차가운 두 눈으로. 전속 메이드가 입을 열었다.

"우선 확인해둘게요. 이번 건, 정말로 당신이 불어넣은 지식이 아닌 건가요?"

"저, 정말이에요."

나는 바르르 떨며 끄덕끄덕, 연신 고개를 끄덕였다.

"……거짓말은, 아닌 모양이네요."

마야 씨는 성대하게 한숨을 내쉬었다. 출렁거리는 둔덕이 그에 맞추어 위아래로 움직였다.

"그럼 세 사람한테 그만하자고, 당신이 설득하세요."

"그만하자니…… 노팬 샤브샤브를?"

"그래요. 당신이 말한다면 세 사람도 납득할 거니까."

"미안해, 그건 무리야."

"……어째서죠?"

"저렇게까지 흥미를 보이는 저 아이들을 막고 싶지 않아."

그녀들을 즐겁게 해주는 것이 내 역할이니까.

게다가 만화의 소재로도 좋을 것 같고. 막을 이유는 전무했다.

"그보다, 어째서 노팬 샤브샤브를 하면 안 되는데?"

"……당연히 불건전하니까요."

"그건 마야 씨가 음란하니까 그렇게 생각하는 거 아냐?"

"——예?"

"팬티는 어차피 팬티에 불과하다는 거야. 미용을 위해서 전라로 자는 여배우를 시작으로, 전 세계에는 전라족이라면서 집에선 알몸으로 지내는 사람도 평범하게 존재하는데 그런 사람들도 불건전한 일을 하고 싶어서 그러는 거라고 생각해?"

"……그런 생각은, 없지만요."

"그렇지? 노팬 샤브샤브도 그거랑 마찬가지야. 그저 건강법으로 시험해보는 것뿐인걸. 실제로 저 아이들은 음란한 기분 따위 전혀 없어. 그러니까 이걸 음란하다고 생각하는 사람 쪽이 음란한 거야, 마야 씨 음란하긴."

"——윽, 저, 저는 그저 저 아이들을 생각해서……!"

내 궤변에 마야 씨는 뺨을 물들이며 변명했다.

딱히 변명할 필요 따위 없는데, 음란하다는 말을 듣고 동요한 모양이었다.

바로 여기가 공격 포인트라 판단하고, 나는 주저 없이 최후의 수단을 꺼냈다.

"참고로 지금 내 모습을 보고서 음란하다고 생각해?"

양팔을 가볍게 펼치고 물었다.

피부에 익숙한 체육복 상하의. 아무런 특별한 것도 없는 실내복이었다.

"……아뇨, 그런 생각은 안 드는데요……?"

마야 씨는 의아하다는 듯 대답했다.

──걸려들었다. 나는 히죽 웃고는 말했다.

"노팬티인데?"

"──윽?!"

마야 씨는 눈을 부릅뜨며 말을 잃었다.

"훗, 사실 사전에 팬티를 벗어뒀거든."

"──바, 바보 아닌가요?!"

그리 매도하며 마야 씨는 황급히 몇 걸음 뒤로 물러났다.

"그래, 확실히 나는 바보이고 노팬티야."

사나운 웃음으로 대답했다.

"하지만 음란하다고는 생각하지 않잖아?"

"윽……."

"노팬티 그 자체에 음란함은 없다고 증명되었네."

"──아아, 정말이지. 알았어요……."

히죽히죽 웃으며 적당하게 이야기하자니 끝내 마야 씨가

꺾였다.

"……당신이랑 이야기를 해봐야 끝이 안 나요. 제가 세 사람을 설득하죠."

"그건 상관없지만…… 저 아이들한테 무른 마야 씨가 할 수 있을까?"

"꼭 해내겠어요."

마야 씨는 결의에 찬 표정으로 선언했다.

"연장자로서, 그녀들을 올바른 길로 이끌겠어요."

호오.

그럼 어디 한 번, 솜씨를 보자고.

계단을 내려가서 아이들이 있는 곳으로 돌아왔다.

셋은 어렴풋이 뺨을 물들이고 안절부절못하는 모습으로 잡담을 나누고 있었다.

……어라, 이 분위기는 어쩌면……?

"아, 이야기는 끝났나요?"

우리 모습을 발견하고 토우카가 싱긋 웃으며 말을 걸었다.

"어, 예……."

마야 씨는 어색하게 대답했다.

아마도 분위기에 찬물을 끼얹어야만 한다는 사실에 죄책감을 느끼는 거겠지.

그만큼 늠름하게 호언장담했으면서, 『노팬티가 아니라 평범하게 샤브샤브를 먹어요』라는 말이 바로 나오지 않았다.

그리고 그 몇 초의 망설임이 치명적인 틈을 낳았다.

마야 씨가 이야기를 꺼내기 전에, 토우카는 만면의 미소
로 이렇게 말했다.

"그럼 마야도 빨리 팬티를 벗어요."

"──윽…… 어, 잠깐만요. 지금 **도**라고 했나요?"

"예. 빨리 먹고 싶어서 아까 벗어버렸어요."

"……윽?!"

예상치 않았던 상황에 마야 씨는 경악한 표정을 지었다.

기선을 제압하기는커녕 갑작스러운 절체절명의 위기였다.

거기에 추가타를 가하듯,

"팬티를 벗었더니 식욕이 늘어난 것 같다옹."

"그러네. 정말로 효과 있을지도."

부끄러워하는 미소를 띠고서 사나와 치즈루가 말했다.

미소를 띤 셋에게 포위당해, 마야 씨는 어깨를 풀썩 떨어
뜨렸다.

"……예, 바로 벗고 올게요."

셋을 설득하겠다며 결의하고 불과 1분 만의 일이었다.

솔직히 이 흐름 자체는 예상할 수 있었지만, 이렇게까지
무를 줄은 몰랐다…….

뭐, 그렇게 되어서.

전원 노팬(자칭)이 되어, 식탁 앞에 앉았다.

순서는 가위바위보의 결과, 내 오른쪽에 토우카, 왼쪽에 치즈루, 맞은편 오른쪽에 사나, 맞은편 왼쪽에 마야 씨.

냄비는 기분 좋게 보글보글 끓으며 김을 무럭무럭 피워 올렸다.

"그, 그럼 먹을까요."

토우카가 그리 말하고 다들 동시에 손을 맞댔다. 하지만,

"잘 먹겠습니다―.(나)" "자, 잘 먹겠습니다.(토우카)" "……잘 먹겠, 습니다.(치즈루)" "잘 먹겠습니다……웅.(사나)" "……잘 먹……니다.(마야 씨)"

우스울 정도로 제각각이었다.

역시 팬티가 없으면 진정이 되지 않는 걸까.

각자 얼굴을 붉게 물들이고서 어쩐지 붕 뜬 분위기였다.

특히 마야 씨는 필사적으로 태연을 가장했지만 명백하게 상태가 이상했다. 아직 한 입도 안 먹었으면서 거품을 걷어내는 국자를 손에 들고 있었다.

…………저 메이드 옷 아래, 노팬티인가.

무심코 꿀꺽 침을 삼키고――안 되지, 안 돼. 고개를 내저었다.

끈질기게 하는 소리지만, 이건 결코 음란한 행위가 아니었다.

어디까지나 건강을 위해서는 하고 있는 것이었다.

그 사실을 다시금 인식해서 부정한 마음을 내쫓았다.

그보다도 쓸데없는 생각은 말고 얼른 먹기 시작하는 게 정답인가.

상당한 공복에다가 하이퍼 좋은 고기니까 먹기 시작한다면 틀림없이 노팬티라는 사실 따윈 자연스럽게 잊어버릴 게 틀림없다.

그리 생각하고 얼른 고기로 손을 뻗으려고 하다가,

"앗."

결국 동요를 감추지 못하고 젓가락을 바닥에 툭 떨어뜨리고 말았다.

"어—, 실례할게."

나는 얼버무리듯 쓴웃음을 짓고 의자에서 내려왔다.

"——서, 선생님!" "——하루!" "——오라버니!" "——잠깐, 지금 무슨?!"

웅크려서 테이블 아래로 기어들어가려고 했더니 네 사람이 벌떡 일어섰다.

고기를 먹기 전에 겁을 먼저 집어먹었는지, 마야 씨 같은 경우에는 제대로 된 발성도 하지 못했다.

"응?"

웅크리다가 멈춰서는 모두의 얼굴을 둘러봤다.

뺨을 점점 더 붉게 물들이며 눈을 동그랗게 뜨고 있었다.

치즈루가 화를 냈다.

"『응?』이 아니잖아, 바보! 뭘 하려는 거야?!"

"아니, 그야 떨어뜨린 젓가락을 주우려는 거잖아."

바보라는 말을 들은 이유를 알 수가 없어서 고개를 갸웃거리며 대답했다.

"――괘, 괜찮아! 내가 주울 테니까!"

"어, 그건 좀 미안한데."

아무리 뻔뻔스러운 나라도 자기가 떨어뜨린 걸 로리가 줍게 시킬 정도로 쓰레기는 아니었다.

"됐으니까 신경 쓰지 마! 이쪽으로 굴러왔으니까!"

"그래요, 선생님! 이건 치즈루한테 맡기세요!"

"야옹! 오라버니 스테이!"

"다, 당신은 절대 움직이지 말아요."

치즈루에 이어서 토우카, 사나, 마야 씨도 말했다.

어째서지? 그렇게 잠시 생각하고는 딱 떠올랐다.

――아아, 그런가. 치마 안을 들여다보지는 않을까 걱정하는 건가.

신사적인 내가 엿보는 짓 따윌 할 리가 없잖아, 그리 말하고 싶은 참이지만 불의의 사고로 보여버릴 우려도 전혀 없지는 않았다. 줍게 하는 것도 가엾지만 지금은 얌전히 시키는 대로 하자.

"알았어. 부탁할게."

그리 말하고 다시 의자에 앉았다. 넷은 안도의 한숨을 내쉬었다.

그리고 치즈루가 떨어뜨린 젓가락을 주워서는 그걸 싱크대 쪽으로 가져가려고 했다. 아무래도 씻어서 줄 생각인 듯했다.

"그대로 먹어도 난 괜찮은데?"

바닥은 깨끗하게 청소되어 있을 테고 나는 결벽증도 아니었다.

굳이 씻지 않더라도 가볍게 훅 불면 그걸로 충분했다.

"괜찮으니까 조금만 기다려."

그러는 치즈루. 아무 말 하지 말라는 느낌이었다.

뭐, 씻어준다고 내가 손해 볼 건 없으니 그냥 맡겨둘 거지만.

"……그런데, 어라, 젓가락은?"

어째선지 빈손으로 돌아온 치즈루에게 물었다.

"또 떨어뜨리면 성가시니까, 하루는 젓가락 없어도 돼."

"아니, 그럼 어떻게 먹으라고."

이 고기를 앞에 두고서 가만히 있으라는 건 아무리 그래도 무자비했다.

그러자 치즈루는 부끄러운 듯이 이렇게 말했다.

"……내가 먹여줄게."

"아, 치사해요! 저도 선생님께 먹여드리고 싶어요!"

"나도 오라버니한테 마력공급하겠다웅!"

곧바로 토우카와 사나도 손을 들었다.

그것이 셋의 바람이라면 밥벌레로서 따를 수밖에 없었다.

……잘못하면 화상을 입을 것 같아서 미묘하게 무서웠지만.

"그럼 모처럼 이야기가 나왔으니, 너희한테 내 고기 샤브샤브를 부탁할까나."

나는 쓴웃음과 함께 부탁했다.

"예, 맡겨주세요! 선생님의 고기, 샤브샤브해드릴게요!"

"흥, 영광으로 생각해. 하루한테는 지나친 대우지만 훌륭한 고기를 낭비하지 않도록 제대로 샤브샤브해줄게."

"다 같이 협력해서 오라버니의 고기를 샤브샤브하겠다옹!"

음, 즐거워 보이니 더할 나위 없었다. 내 고기를 샤브샤브한다는 목적이 생기면서 긴장에 따른 어색함이 완화된 것도 같고.

"그럼 저는 여러분 몫의 샤브샤브를 할게요."

마야 씨도 그러면서 쿡쿡 웃었다.

""""샤브샤브 ♪ 샤브샤브 ♪""""

유쾌한 리듬을 붙여 최고급 쇠고기를 샤브샤브하는 세 사람.

다만 자세히 보니 고기는 거의 움직이지 않았다.

아무래도 괜히 움직이면 감칠맛이 국물로 빠져버린다나.

호오, 솔직히 감탄했다. 역시나 아가씨답게 그런 지식은 있구나.

이러니저러니 해도 이 아이들에게 맡긴 게 정답이었네.

그리고 요전에 했던 손 말이 초밥처럼 하나씩 순서대로 먹여주었다.

공들여서 샤브샤브한 고기를 살짝 후후 불고 폰즈에 톡 찍었다.

"선생님, 아─앙♡"

토우카가 입가까지 옮겨주었다.

덥석. 우물우물. 꿀꺽.

"후후. 어떠세요, 선생님? 맛있으세요?"

"응, 평소보다 몇 배는 더 맛있는 것 같아."

빈말도 뭣도 아닌, 정말로 인생 최고의 샤브샤브였다.

"자, 하루. 여기도."

치즈루가 건네주고 덥석 우물우물.

"오라버니, 내 것도."

사나는 참깨 양념장을 찍어주었다. 덥석 우물우물.

"이것 참, 정말로 엄청나게 맛있네."

틈틈이 채소도 섞어가며 그저 입맛을 다셨다.

자기들도 먹어가면서, 토우카가 생글생글 미소 지으며 물었다.

"선생님, 이걸로 건강해지실 것 같으세요?"

"으음, 그러네. 건강해질 것 같은 느낌이 들어."

"그건 참 잘 되었네요."

"너희는 어때?"

질문을 건네자 셋은 수줍어하며 대답했다.

"저기, 몸이 뜨거워져서 신진대사가 높아지는 것 같아요."

"그러네, 먹으면서 칼로리를 소비하는 느낌이야."

"피부가 반들반들해지는 것 같다옹."

그런 것 같은 느낌이 들 뿐이지 실제 효과는 모르겠지만, 플라시보도 무시할 건 아니었다.

마음과 몸은 밀접하게 연관되어 있다. 병은 마음에서 온다고들 하잖아.

즐겁게 식사를 한다면 몸도 튼튼해지는 법이다.

"오, 그런가. 그럼 시험해본 게 정답이었네."

"예!" "뭐, 그럴지도." "야옹."

정말로 노팬 샤브샤브 진짜 최고. 상상 이상이었다.

이러니 나라를 대표하는 정치가분들도 빠질 법도 하구나.

그 후로 노팬 디저트(아이스크림)를 먹고, 노팬 레크리에이션(트럼프)을 만끽했다. 팬티는 무척 소중한 존재이지만, 바로 그렇기에 가끔은 휴식을 주는 편이 풍요로는 생활을 보내는 방법일지도 모르겠다.

——팬티에게 휴일을.

『이 캐치프레이즈 괜찮지 않나요?』

유리한테 그렇게 메일을 보내봤더니,

『……편집자한테도 휴일을 줬으면 하는데?』

진지하게 그런 답변이 날아와서, 『……죄송해요, 수고 많으십니다』라는 말밖에 할 수 없었다.

로리 구분하기

"누굴─까웅?"

10월 초순 오후 세 시 넘어.

책상 앞에 앉아서 인터넷으로 피규어 신작을 체크하고 있었더니 갑자기 등 뒤에서 누군가가 내 눈을 가렸다. 아무래도 로리들이 학교에서 돌아온 모양이었다. 피규어에 몰두하느라 전혀 알아차리지 못했다.

실수를 반성하며 나는 생각했다.

눈언저리를 부드럽게 덮은 자그마한 손바닥.

이건 대체 누구의 것일까……?

『고양이 어미』가 붙어 있는 걸로도 알 수 있듯이, 목소리는 명백하게 사나의 것이었다.

하지만 이건 함정이었다.

이 손의 감촉은─.

"치즈루잖아?"

놀라서 숨을 삼켰나.

움찔, 작게 흔들린 뒤에 천천히 손바닥이 떨어졌다.

의자와 함께 몸을 돌리자 치즈루가 분하다는 듯이 입술을 삐죽이고 있었다.

"……정답이야."

훗, 역시 그랬군. 이 정도의 속임수로는 나를 속여 넘길 수 없다.

"오─, 선생님 굉장해요."

"역시 오라버니다웅."

토우카와 사나가 감탄한 것처럼 박수를 쳐주었다.

한 손을 들어 그 찬사에 응하자니,

"……그보다도 어떻게 알았어?"

치즈루가 찡그린 표정으로 물었다.

"어리석은 질문이네."

대범하게 웃으며 대답했다.

"나는 로리네 밥벌레의 프로페셔널──즉, 로리 프로페셔널이라고? 대부분은 손의 감촉으로 알 수 있어."

"……아니, 그렇게 득의양양한 표정으로 말해봐야 하나도 안 멋있거든?"

질색하는 태도로 태클을 당해버렸다.

반면에 토우카와 사나는 눈을 반짝였다.

"아뇨, 무척 훌륭하다고 생각해요!"

"이능력 같아서 멋있다웅."

……뭐, 과하게 칭찬을 받는 것도 부끄럽지만.

"그럼『손』이 아니더라도 알 수 있으세요?"

토우카가 물었다.

"어─, 그건 어떠려나. 평소에 나누는 스킨십의 범위 안이라면 얼추 알 수 있을 거라 생각하는데."

"그럼 실제로 시험해보는 거다옹."

"오, 괜찮겠네."

사나의 제안에 나는 즉시 응했다.

"눈을 가린 상태에서 세 사람과 접해서, 어디까지 구분할 수 있는지 도전하게 해줘."

"그건 재밌을 것 같네요. 기꺼이 협력해드릴게요."

"오라버니의 한계, 보여달라옹."

두 사람이 승낙하자 치즈루가 도발적인 미소를 띠었다.

"혹시 틀리면 어떻게 할래?"

"벌칙 게임이든 뭐든 받아주겠어."

"호오, 자신만만하잖아. 그렇다면 나도 도와줄게."

뭐, 그렇게 되어서.

로리 프로페셔널로서의 프라이드를 걸고, 로리 구분하기에 도전하게 되었다.

의자에 앉은 채로 안대를 장착했다.

완전히 빛이 차단되어 아무것도 보이지 않는 상태가 되었다.

쓸데없이 좋은 녀석이라서 감촉도 문제없었다.

물론 사기의 부류도 아니었다.

"선생님, 준비는 되셨나요?"

"그래, 언제든지 와."

토우카의 말에 기합을 넣어 대답했다.

"보이지 않는다고 해서 일부러 이상한 데 만지면 안 된다고?"

"나도 알아."

치즈루의 경고에 쓴웃음을 지으며 고개를 끄덕였다.

로리에게 신사적인 내가 그런 짓을 할 리도 없었다.

마야 씨가 있다면 기꺼이 그런 것도 할 테지만.

"처음은 일단 『손』부터 갈게요."

토우카가 말했다.

"그리고 정답일 때마다 서서히 난이도를 올리죠."

"라저."

"그럼 차례대로 악수를 할 테니까 손을 내미세요."

시키는 대로 공중에 오른손을 내밀었다.

몇 초 정도 틈을 두고, 셋 중에 누군가가 그 손을 꼭 잡았다.

이건——사나구나.

마주 잡을 것도 없이 단번에 알 수 있었다.

이어서 두 번째로 손을 잡고——이건 토우카.

그리고 세 번째가 치즈루.

너무도 간단해서 워밍업 수준도 안 된다고.

"사나, 토우카, 치즈루 순이네."

안대를 낀 채로 자신 있게 대답했다.

"정답이에요. 역시 전혀 망설임이 없으시네요."

"뭐, 처음부터 틀리기라도 한다면 하나도 재미없지."

"지금부터 오라버니의 전설이 시작된다웅."

그다지 놀란 기색도 없이, 세 사람은 각자 코멘트했다.

정답을 맞히는 게 당연, 하다는 느낌이었다.

"그런데 어떻게 판별하셨나요?"

"주로 크기랑 체온이려나."

토우카의 질문에 척척 대답했다.

"우선 사나의 손은 셋 중에서 가장 작으니까 바로 알았어. 토우카와 치즈루는, 크기는 거의 같지만 치즈루 쪽이 차가우니까 간단하게 구별할 수 있더라."

"오오, 과연."

토우카가 신나게 말했다.

"에헤헤, 저희를 알아주시니 어쩐지 기쁘네요."

"평소부터 스킨십을 나눈 성과다웅."

"……뭐, 확실히 기분이 나쁘지는 않네."

수줍어하는 셋의 얼굴이 눈앞에 선명했다.

"그럼 다음으로 가죠. 레벨 2는 허그예요."

토우카의 말과 함께 계속 진행되었다.

"또 차례대로 끌어안을 테니까, 일단 일어서주실 수 있으시겠어요?"

"알았어."

의자에서 일어서서 두 팔을 벌렸다.

잠깐의 틈을 두고, 부드럽고 달콤한 향기가 허리 부근에서 전해졌다.

5초 정도 뒤에 떨어지고 두 번째, 세 번째로 이어졌다.

솔직히 말해서 이것도 엄청 간단했다.

등에 두른 손의 높이가 다르기도 하고, 체온만으로도 여유롭게 구분할 수 있었다.

"첫 번째가 토우카, 두 번째가 치즈루, 세 번째가 사나야."

"정답이에요! 이번에도 막힘없으시네요."

"그야 아직 레벨 2니까 당연하지."

"할 필요도 없을 정도였다옹."

각자 간단하게 코멘트하고 템포 좋게 다음으로 진행되었다.

레벨 3는 『머리』, 레벨 4는 『발』이었다.

머리는 항상 하는 쓰다듬기로, 이건 굳이 설명할 필요도 없이 낙승.

발은 내 등을 지근지근 밟는 것이었다. 조금 난이도가 올라간 느낌이었지만, 이쪽도 마사지나 SM 놀이로 경험이 있었다. 냉정하게 판단하면 대단한 수준은 아니었다.

"그야말로 무난하게 맞히시네요."

"그러네, 프로페셔널이라고 자칭할 만해."

"멋진, 호쾌한 진격이다옹."

그리 감탄하는 세 사람.

"뭐, 이 정도는 누구라도 맞힐 수 있겠지."

나는 일단 안대를 벗고 겸손을 떨며 어깨를 움츠렸다.

그러자 토우카가 말했다.

"그럼 다음 레벨 5 말인데요……. 단숨에 어려워져도 괜찮을까요?"

"괜찮기는 한데, 어떻게 하려고?"

"손가락 하나로 맞혀주셨으면 해요."

"……손가락 하나."

"게다가 장소도 어딘지 말씀드리지 않고요."

"어?"

살짝 당황한 나를 향해 토우카는 계속 말했다.

"손가락 하나만으로, 누구의 어디에 닿았는지 맞혀주세요. 또 닿아도 되는 건 한 곳뿐이고 문지르는 건 금지로 할게요."

"…………."

참으로 엄격한 조건이 제시되어 나는 말문이 막혀버렸다.

"아무리 하루라도 이건 무리겠지."

짓궂은 미소를 짓는 치즈루. 어쩐지 시험하는 듯한 말투이기도 했다.

――어디 할 수 있으면 해봐, 바보 하루.

그렇게 말하는 것만 같았다.

"혹시 이걸 클리어할 수 있다면…… 진짜다옹."

사나는 진지한 표정으로 조심스러운 톤으로 말했다.

――무척 어렵지만 오라버니라면 분명히 해낼 거다옹.

그런 사나의 생각이 그 음성에 포함되어 있었다.

"어쩌시겠어요, 선생님? 하시겠어요?"

나를 똑바로 응시하며 토우카가 물었다.

──선생님이 완벽하게 구분해내시는 모습을 보고 싶어요!

천진무구한 눈빛에는 그런 바람이 담겨 있었다.

요컨대 셋 다 내게 기대를 한다는 것이었다.

그렇다면 도망칠 수는 없다.

애당초 그럴 생각도 없지만.

──토우카, 치즈루, 사나.

세 로리들에게 걸맞은 밥벌레가 되기 위해서 이 시련을 뛰어넘어주겠다!

"물론 해야지."

"……정말로 괜찮으시겠어요? 이 레벨 5를 클리어할 수 있었던 자는 아직 전 세계에 단 한 명도 없다고요?"

"홋, 딱이네. 그렇다면 내가 첫 번째가 되겠어."

토우카의 확인에 그리 대답하고 다시 안대를 장착했다.

시야는 완전한 어둠으로 뒤덮였다.

다음에 이걸 벗을 때, 나는 세계 제일의 로리 소믈리에가 되어 틀림없이 모든 것이 환하게 보일 테지.

"……알았어요. 선생님의 각오, 그저 감탄할 따름이에요."

"여기까지 퍼펙트로 왔으니까 마지막까지 힘내."

"오라버니, 차분하게 하는 거다옹."

세 사람의 그런 응원을 받고.

──전대미문의 레벨 5 도전이 시작되었다.

나는 의자에서 내려와서 바닥에 앉아 오른손 검지를 내밀었다.

잠시 후, 그곳에 말랑한 것이 닿았다.

과연 여기는 누구의 어디냐?

손끝에 모든 신경을 집중하고 한 점이라는 규칙을 지켜서 부드럽게 그곳을 쿡쿡 찔렀다.

말랑한 감촉이 돌아왔다.

흠………… 위험해, 생각했던 것 이상으로 어려웠다.

로리의 피부는 대개 어디든 말랑한 것이었다.

고작 이것뿐인 정보로 확실하게 구분할 수 있기는 할까……?

아니, 약한 소리 하지 마!

이제까지 로리들과 나누었던 스킨십을 떠올려라!

머릿속 깊숙이 접속해서 해당되는 감촉을 검색했다.

10초 정도 만에 찾았다. 아마도——치즈루의 상완이었다.

그래. 옳지옳지, 좋아. 잘 하잖아!

나는 자신을 되찾고 손가락을 뗐다.

곧이어 두 번째 감촉이 전해졌다.

말랑말랑. 말랑말랑. 말랑말랑.

……역시나 말랑말랑하다는 것 이외의 정보는 거의 없구나.

손끝만으로는 체온도 잘 안 느껴지고…….

하지만 당황할 건 없다. 나라면 반드시 알아낼 수 있을 터.

길게 숨을 내쉬고, 감각을 날카롭게 갈고닦았다.

로리 브레인에 접속 시작——시스템 올 로린——검색 완료.

이건——토우카의 허벅지. 틀림없다.

궁지에 몰리면서 잠들어 있던 재능이 개화한 거겠지.

스스로도 무서울 만큼 제대로 구분할 수 있었다.

하지만 방심은 금물이었다. 마지막까지 집중을 유지해.

마음속으로 그리 중얼거리고, 세 번째 감촉에 도전했다.

말랑말랑. 말랑말랑. 말랑말랑.

……으음, 이건 또 골치 아프네.

이 부드러움은 확실히 기억에 있었지만 데이터베이스가 광대한 만큼 헤매고 만다.

앞의 둘을 구분하느라 뇌도 상당히 지쳐 있었다. 포도당이 필요하다고 절실하게 생각했다.

하지만 그럴 시간은 없었다. 남은 힘을 짜내어 대답에 다다르는 거다!

접속 시작. 로리들과 보낸 기억의 바다로 뛰어들었다.

들어가라. 들어가라. 들어가라! 좀 더 깊숙이! 한계까지 들어가라……!

그리고 바다 속에 잠긴 보물 상자를 발견했다. 천천히 열고, 번뜩였다.

이 피부의 감촉은——사나의 뺨이다!

"——허억, 허억, 허억……."

손가락을 떼는 것과 동시에 거칠게 호흡했다. 심장이 두 근두근 경종을 울렸다.

아무래도 무의식중에 숨을 참고 있었나 보다.

시합을 막 마친 운동선수처럼 산소를 갈구했다.

"선생님, 답변을 부탁드려요."

호흡을 가다듬은 참에, 토우카가 해답을 청했다.

나는 안대를 벗고 싱긋 웃으며 말했다.

"처음이 치즈루의 상완, 다음이 토우카의 허벅지, 마지막 이 사나의 뺨이야."

한순간 침묵이 흐르고.

환한 미소의 꽃이 피었다.

"——굉장해! 정답이야! 꽤 하잖아, 하루!"

"역시 오라버니는 세계 제일의 밥벌레였다옹!"

치즈루는 치하하듯 내 팔을 퍽퍽 때리고, 사나는 내 배에 뺨을 비볐다.

그러나 그런 가운데 토우카는 냉정하게 말했다.

"아직이에요. 그거로는 완벽한 정답이라고는 할 수 없 어요."

"어……?"

"각자 오른쪽인지 왼쪽인지까지 정확하게 대답해주세요."

"——윽."

좌우의 차이! 이런, 거기까지 생각하진 않았다…….

"어, 아무리 그래도 이 정도면 되는 거 아냐?"

"이미 백점만점이라 생각한다옹."

그리 주장하는 치즈루, 사나에게 토우카는 고개를 가로저었다.

"아뇨, 충분하지 않아요. 이 건에 있어서는 선생님을 무르게 봐선 안 돼요."

"……어째서?"

치즈루가 미간을 찌푸리며 물었다.

토우카는 살며시 미소 지었다.

"저는 선생님을 믿고 있으니까요. 선생님이라면 120점을 받으실 수 있다고."

그 말에 치즈루와 사나는 깜짝 놀란 듯 숨을 삼켰다.

그리고 쓴웃음을 섞어 말했다.

"……그러네, 토우카의 말대로야."

"……나도 오라버니를 믿는다옹."

그런 흐뭇한 대화를 바라보며 나는 필사적으로 머리를 굴리고 있었다.

물론 좌우의 차이를 구분하기 위해서였다.

결코 불가능한 일은 아니었다.

사람에게는 주로 쓰는 팔, 주로 쓰는 다리가 있다. 즉, 근육의 발달 정도가 미묘하게 다른 것이었다. 그걸 바탕으로 판단하면 된다.

조금 전의 감촉을 되새김질하며 생각했다.

생각했다. 생각했다. 생각했다.

셋의 기대를 저버릴 수는 없었다.

로리페셔널로서 절대로 틀려서는 안 된다.

생각했다. 생각했다......!

토우카가 입을 열었다.

"선생님, 다시 한 번 답변을 부탁드려요."

"......치즈루의 상완은 오른쪽이고, 토우카의 허벅지는 왼쪽이야."

뇌가 타오를 정도로 생각하고, 나는 그 결론을 이끌어 냈다.

"──정답이야!"

흥분으로 뺨을 붉히며 치즈루가 말했다.

토우카도 흥분한 모양이었지만 그걸 억누른 톤으로 물었다.

"사나의 뺨은?"

"......사나의, 뺨은......."

나는 말문이 막혔다.

팔과 허벅지는 근육의 발달 정도로 구분할 수 있었다.

하지만 뺨은…… 자주 쓰는 뺨 같은 건 존재하지 않는다.

아니, 내가 모르는 것뿐이지 어쩌면 있을지도 모르지만…… 허나 어쨌든 그 차이를 구분하는 것은, 팔다리와는 비교도 안 될 만큼 어려웠다.

………………나로서는 알 수 없었다.

"…………미안, 모르겠어."

눈물을 참으며 고개를 숙이고 솔직하게 대답했다.

아무리 2분의 1이라고는 해도 그냥 찍을 수는 없었다.

패배를 깨달은 프로 기사가 깨끗하게 돌을 던지는 것과도 닮은, 최소한의 성의였다.

"……그러, 신가요……."

토우카가 툭 중얼거렸다.

감추려고 해준 모양이지만, 낙담이라는 두 글자가 목소리에서 배어나왔다.

그리고 말은 끊어졌다. 아무도 아무런 말도 할 수 없었다.

그런 무거운 침묵 가운데, 누군가 내 어깨를 툭 두드렸다.

고개를 들자 사나가 부드러운 미소를 짓고 있었다.

"……오라버니는 정말 열심히 했다옹."

"──웃."

참고 있던 스스로를 향한 분노가, 한심하다는 심정이 두

눈에서 넘쳐흘렀다.

"──으윽, 미안해, 사나! 못 맞혀서 미안해!"

"괜찮다옹. 전혀 신경 쓰지 않는다옹."

사나는 다정하게 내 머리를 끌어안고 쓰다듬어줬다.

그것이 기분 좋아서, 너무도 기분 좋아서…….

바로 그렇기에 기대에 부응하지 못한 스스로를 용서할 수
없었다.

정신이 드니 사나의 온기에서 도망치듯 바닥에 엎드려 있
었다.

사죄를 위한 것이 아니었다.

로리들이 그런 걸 바라지 않는다는 사실은 충분히 알고
있었다.

진짜가 되기 위해서였다.

더더욱 로리들과 접하고, 더더욱 로리들을 알고 싶었다.

몰라서는 안 된다.

진정한 로리페셔널이 되기 위해서.

그를 위해서라면 머리를 숙이는 것 정도는 아무렇지도 않
았다.

이마를 바닥에 비벼대며 외쳤다.

"부탁할게, 얘들아! 내게 수업을 시켜줘!"

"……수업, 이라고요?"

당황한 듯한 토우카의 목소리. 나는 엎드린 채로 애원했다.

"그래, 맞아. 두 번 다시 이런 잘못을 저지르지 않도록, 어떤 세세한 차이라도 구분할 수 있도록, 내게 로리 구분하기 수업을 시켜줘!"

"……구체적으로는 어떻게 하는 건가요?"

"철저하게 스킨십을 하고 싶어. 내가 바라는 곳을 바라는 만큼 만지게 해줬으면 해."

"──바, 바라는 만큼?! 그런 건 당연히 안 되지!"

치즈루가 당황했는지 거친 목소리로 말했다.

"모쪼록 그걸 하게 해줘! 손끝만이라도 괜찮으니까!"

"안 되는 건 안 돼! 이 변태!"

"큭, 변태라고 생각해도 상관없어! 그래도 되고 싶으니까! 반드시 진정한 로리페셔널이 되어야만 해! 그러니까 내게 로리수행을 시켜줘!"

"무슨 산속 수행 같은 식으로 말하지 마!"

"──알았다옹."

격렬하게 맞부딪히는 우리 사이로 사나의 온화한 목소리가 끼어들었다.

뺨의 좌우를 판별하지 못하여 수치를 준 내게,

"오라버니를 위해서라면 나는 어떤 협력이든 아끼지 않겠다옹."

그렇게 따듯이 말해주었다.

"물론 저도 협력할게요. 아뇨, 협력하게 해주세요."

토우카도 쾌히 승낙해주었다. 치즈루가 당황했다.

"어어, 둘 다 진심이야?!"

"예. 선생님을 위해서라면 저는 뭐든지 하겠어요."

"치즈루도 솔직해지라옹. 사실은 오라버니한테 힘이 되어주고 싶을 거다옹."

"…………."

잠깐의 침묵 후, 치즈루는 말했다.

"……뭐, 조건에 따라서는 나도 협력해줄 수 있어."

"조건?" "뭐냐옹?"

"이제 그만 일어서."

"어……?"

그 말에 반응하여, 나는 무심코 고개를 들었다.

치즈루는 정면에 서서 나를 내려다보고 있었다.

"우리의 밥벌레로 있고 싶다면, 그런 한심한 짓은 하지 마."

"……치즈루."

"하고 싶은 건 가슴을 펴고 말해."

그리고는 부끄러워졌는지 시선을 피하고는 무뚝뚝하게 계속 말했다.

"……그러면 나는, 우리는 전력으로 하루랑 놀아줄게."

"야옹, 역시 치즈루. 츤데레 대사의 참맛인 부분을 가져간다옹."

"예, 지금 그건 포인트가 높네요."

"따, 딱히 그런 생각은 없으니까 착각하지 마."

"참고로 나는 오라버니가 이렇게 쉽게 바닥에 엎드리는 점, 꽤 좋아한다옹."

"후훗, 사실은 저도 그래요. 쓰레기다워서 싫지 않아요."

"──잠깐, 분위기 망치는 소린 하지 말라고?! 확실히 하루는 쉽게 엎드리긴 하지만!"

…………어어, 내가 그렇게나 쉽게 엎드렸나……?

뭐, 응, 상관없나. 비교적 빈번하게 이러니까. 특히 마야 씨를 상대로는 일주일에 한 번은 확실하게 이러는 것 같다. 아니, 그건 지금 아무래도 상관없었다.

중요한 건 내 마음을 받아들여 주었다는 사실이었다.

나는 웃음을 흘리며 일어섰다.

"그럼 애들아. 지금부터 나랑 잔뜩 스킨십하는 거야!"

"예!" "그래!" "야옹!"

그렇게 되어서.

내가 준비한 것은 『밥벌레스터 게임』이었다.

이름 그대로 『트위스터 게임』의 밥벌레 버전이었다.

『오른손을 빨간색』이라든지 『왼발을 파란색』 같은 식으로 지정된 장소에 손발을 대고서 자세가 무너지면 패배하는 것이 본래의 기본적인 규칙이지만…… 스킨십이 더욱 잘 발생하도록 게임에 명령을 추가했다.

"선생님, 오른손을 치즈루의 오른쪽 허벅지에."
"그래."
"──꺅! 잠깐만, 하루, 조금 더 부드럽게 하라고!"

"오라버니, 오른손을 토우카의 배에."
"알았어."
"──아하하, 간지러워요!"

"하루, 왼손을 사나의 목덜미에."
"응."
"야옹…… 목을 기대니까 엄마 고양이한테 들려가는 아기 고양이 같은 기분이 든다옹."

뭐, 이런 느낌의 녀석을.
덕분에 분위기는 잔뜩 들뜨고──.
나는 로리를 구분하는 실력을 갈고닦은 것이었다.
완벽해진다면 언젠가 메이드 구분하기도 마스터하고 싶었다.

로리 RPG

KYO KARA
ORE WA
LOLI NO HIMO!

"오라버니―, 토우카―, 좋은 아침이다옹―." "실례할게."

로리 구분하기 이후로 며칠이 지난, 10월 중순의 휴일.

침대에 누워서 토우카와 이야기를 나누고 있자니 치즈루와 사나가 방을 찾았다.

치즈루의 손에는 커다란 박스가 들려 있었다. 20인치 모니터라도 들어 있는 듯한 사이즈였다. 가뿐히 들고 있으니까 그렇게까지 무겁지도 않은 모양인데, 뭘까.

"그건 뭐야? 나한테 주는 선물?"

스트레이트로 물었다.

"뭐? 왜 내가 하루한테 선물을 줘야되는데."

치즈루는 쌀쌀맞게 말하고는 박스를 바닥에 내려놨다.

"하루한테 온 거야. 마침 택배가 와서 가져다준 거야."

"오, 그건 땡큐."

침대에서 내려와 받아들었다.

토우카도 따라왔다.

"홈쇼핑으로 산 건가요?"

"아마도."

바깥쪽에 붙어 있는 송장을 보고 딱 왔다.

그런가, 마침내 그게 왔나.

147

"내용물은 뭐냐옹?"

사나가 흥미진진한 표정으로 물었다.

"후후, 굉—장히 좋은 거야."

"야옹, 굉—장히……라면 현자의 돌이냐옹?"

"아니, 미안. 그렇게까지 굉장하진 않아."

그보다 아무리 생각해봐도 홈쇼핑으로 살 수 있는 게 아니잖아, 그거.

치즈루가 한심하다는 시선을 내게로 향했다.

"……하루한테 좋은 거라면 어차피 무슨 야한 녀석이겠지?"

"치즈루랑은 한 번 차분히 대화를 나눌 필요가 있겠어."

나를 대체 뭐라고 생각하는 거야.

야한 것 말고도 평범하게 구입한다고.

"그럼 선생님, 정답은 뭔가요?"

"정답은……."

다들 두근두근하며 지켜보는 가운데, 테이프를 뜯고 뚜껑을 열었다.

채워져 있던 완충재를 치우고 새카만 상자를 끄집어냈다.

"——까맣고 커다래서 멋있다옹."

중2적인 마음이 자극되었는지 사나가 먼저 혹했다.

"짜자—안."

셀프 사운드 이펙트를 붙이며 안의 상자도 열었다.

다양한 크기의 물건들이 깔끔하게 채워져 있었다.

가장 큰 것은 종이 보드.

거기에는 판타지스러운 배경과 수많은 칸이 그려져 있었다.

다시 말해——.

"보드 게임이었습니다——."

""""오오——.""""

로리 셋이 감탄사를 흘려주었다.

솔직한 리액션에 어쩐지 기뻤다.

이런 면이 로리의 매력 중 하나로구나.

"아, 혹시 이건 전에 이야기했던 녀석인가요?"

토우카가 떠오른 듯 말했다.

"그래, 그거. 반은 주문 제작인 호화로운 녀석."

그건 여름방학 중반 정도였으니까 한 달 이상 전의 일이었다.

나는 토우카에게 이런 느낌으로 이야기했다.

——다 같이 놀 수 있도록 오리지널 보드게임을 주문하고 싶은데 괜찮을까?

——물론이에요!

——조금 비쌀지도 모르는데, 괜찮아?

——천만 엔 정도인가요?

——아니, 아무리 그래도 그렇게 비싸진 않아.(웃음)

——그렇다면 전혀 문제없어요!

그렇게 가벼이 승낙을 받은 것이었다.

치즈루가 고개를 갸웃거렸다.

"반은 주문 제작이라니, 그 반이 뭔데?"

"게임의 기본적인 규칙만 준비되어 있고, 거기에 이쪽에서 준비한 소재나 요청을 넣어서 만들어주는 거야."

"호오, 그런 서비스가 있구나."

"응, 네트워크의 바다에는 다양한 사람들이 있거든."

카드 다발을 손에 들고 감겨 있는 띠를 벗겼다.

"자, 이거 봐. 카드 절반 정도는 내 이미지 보드를 바탕으로 했다고."

"──와, 굉장해요!"

"야옹, 오라버니 팬으로서는 참을 수 없다옹!"

건네주자 토우카와 사나는 감격한 듯 눈을 반짝였다.

"……뭐야, 레어해서 정말로 멋지잖아."

치즈루도 찬찬히 쳐다봤다.

"역시 선생님, 훌륭한 쇼핑을 하셨네요!"

카드를 꽉 쥐고서 토우카는 만면의 미소를 띠었다. 정말로 기뻐보였다.

부탁하길 잘했어. 진심으로 그런 생각이 들었다.

"……이걸 만들 여유가 있다면 만화를 그려, 라는 태클은 좀 안 맞으려나."

"그런 걱정은 안 해도 돼. 나는 원래 있는 데이터를 보내서 발주했을 뿐이라서 리소스는 거의 할애하지 않았으니까. 뭐, 새로 그린 것도 조금은 들어 있지만."

"흐—응, 그렇다면 딱히 상관없으려나……?"

치즈루는 애매하게 그리 말했다. 어쩐지 썩 와 닿지 않는다는 태도였다.

깊이 생각해서는 안 된다.

나는 쾌활하게 제안했다.

"그럼 모처럼 왔으니까 오늘은 이걸로 놀자."

"예."

"뭐, 괜찮겠네."

"찬성이다옹."

새로운 장난감으로 순수한 여자아이들과 함께 논다.

이것 참, 로리네 밥벌레 정말로 최고야.

"그래서, 선생님. 이건 어떤 게임이고 어떻게 노는 건가요?"

"뭐, 간략하게 말하자면 아날로그적인 RPG겠네."

토우카의 질문을 받고 우선은 대략적으로 설명했다.

"보드게임이라면 『인생 게임』이나 『모노폴리』처럼 대전형식인 게 많을 거라 생각하지만, 이건 참가 플레이어 모두가 협력해서 진행하는 거야. 그리고 최종보스인 마왕을 토벌하면 클리어, 전멸하면 게임오버라는 느낌."

"과연, 팀워크가 중요한 거로군요."

"우리라면 여유롭겠네. 하루가 이상하게 폭주하지만 않는다면."

"재미있겠다옹."

로리들은 흠흠, 고개를 끄덕이며 들어주었다.

이해력이 높아서 다행이었다.

그보다도, 나 역시도 완전히 파악한 건 아니었다. 세세한 부분은 플레이하면서 배우자.

참고로 난이도를 『이지』『노멀』『하드』 세 종류 중에서 고를 수 있었다.

초등학생이라는 걸 생각하면 이지가 좋을지도 모르겠지만, 세 사람은 하이스펙 아가씨였다.

승부운 같은 것도 무척 좋으니 하드라도 클리어해버릴 것 같았다.

……오히려 치즈루의 말처럼 내가 발목을 붙잡는 전개도 있을 법하겠네.

그런 부분도 고려해서, 지금은 무난하게 노멀로 하자. 응.

"그럼 처음으로 직업을 정할까."

몇 종류의 카드 중에서 『직업 카드』를 꺼냈다.

『검사』『격투가』『사냥꾼』『마법사』『도적』『신관』, 이렇게 게임으로 친숙한 것들부터 『메이드』『어부』『과학자』『우주인』『곰』 같은 기발한 것들까지, 쓸데없이 종류가 많았다.

이건 내 요청이었다. 뭐든 존재하는 뒤죽박죽인 세계관을 좋아하는 것이었다.

그리고 일러스트는 로리들을 모델로 한 캐릭터가 각 직업의 복장을 하고 있는 것이었다. 항상 코스프레를 시킨 덕분에 소재는 풍부하게 존재했다. 물론 상상으로 그렸을 뿐인 것도 상당수 있었다.

"으음, 잔뜩 있어서 고민되네요. 뭐가 좋을까요?"

케이크 가게에 온 소녀처럼 신음하며 토우카가 물었다.

"파티의 구성을 생각하는 편이 좋겠지만, 목적은 즐기는 거니까 마음에 드는 대로 고르면 돼."

"나는 마법사가 좋다옹."

내 의견을 듣고 사나가 『마법사』 카드를 손에 들었다.

카드에는 일러스트 외에 『HP』나 『MP』, 쓸 수 있는 기술 따위 기재되어 있었다.

마법사는 MP의 소모는 격렬하지만 파괴력이 높은 직업이었다.

"나는 격투가로 할게. 일러스트가 멋있으니까."

치즈루가 고른 『격투가』는 MP의 소모가 적어서 일정하게 싸울 수 있는 직업이었다.

"아, 일러스트로 고르는 건 괜찮네요. 그럼 저는 이걸로 할게요."

토우카는 싱긋 미소 짓고 『사무라이』 카드를 손에 들었다.

사무라이는 굳이 설명할 것까지도 없이 도(刀)를 무기로 하는 직업이었다. 같은 계통의 『검사』보다 내구력은 적지만 날카로운 일격을 지닌 강력한 어태커였다.

셋 다 재미있는 게 아니라 비교적 실용적인 걸 골랐구나.

"그럼 나는 회복 스킬을 사용할 수 있는 게 좋겠네."

그리 말하며 나는 서포트 계열 직업을 골랐다.

전위 둘에 후위 둘, 균형이 잘 잡혔네.

그리 만족하고 있자니 치즈루가 태클을 걸었다.

"잠깐만. 하루가 고른 직업, 그게 뭐야."

"뭐긴, 『밥벌레』인데?"

"……아니, 그건 직업이라고 하면 안 되는 녀석이잖아. 무직이지."

"아니아니, 어엿한 직업이니까."

"그래요, 치즈루. 사회적으로는 쓰레기더라도 필요한 사람한테는 무척 고귀한 직업이에요."

"그렇다옹. 쓰레기한테는 쓰레기 나름대로의 가치가 있다옹."

토우카와 사나가 커버(?)해주었다.

치즈루는 이마에 손을 대고 한숨을 섞어 말했다.

"……뭐, 백번 양보해서 직업이라고 인정을 하더라도, 어째서 회복 스킬을 쓸 수 있는 건데."

"아니, 오히려 공격을 하는 쪽이 이상하잖아. 특기는 머리 쓰다듬기라든지 허그라든지, 그런 거라고?"

"아, 그런가……. 확실히 그러네."

납득하신 모양이니 이야기를 계속 진행했다.

"그럼 다들 얼른 자기 직업 의상으로 갈아입을까."

"당연하다는 것처럼 대체 뭔 소리야?"

또다시 치즈루가 태클을 걸었다.

"아무리 생각해도 보드게임을 하면서 옷을 갈아입을 필요는 없잖아."

"아니, 아무리 생각해도 옷을 갈아입는 편이 분위기가 살아서 재미있잖아."

"고작해야 보드게임인데 그렇게까지 분위기를 낼 필요는 없잖아?"

"놀이니까 더더욱 전력을 다하자는 거야. 무엇보다도 만화에 참고가 될 테고."

코스프레를 시킬 기회를 놓칠 수는 없었다.

도리어 이걸 위해서 보드게임을 주문했다고도 할 수 있을 정도였다.

"치즈루, 갈아입어요." "야옹."

"……그래그래, 알았다고."

토우카에게 오른팔, 사나에게 왼팔을 붙들리고 치즈루는 고개를 절레절레 저으며 탄식했다.

그런 연유로, 준비해두었던 의상으로 갈아입게 했다.

잠시 기다리자.

"선생님, 옷을 전부 갈아입었어요!"

"어—."

토우카의 말에 대답하자 탈의실(옷장) 문이 천천히 열리고, 미리 정해두었던 대사와 함께 세 사람이 씩씩하게 등장해주었다.

"에헤헤, 처음 뵙겠어요. 베어봐도 될까요?"

사무라이인 토우카는 당연히 일본풍 옷이었다.

윤기 나는 검은 머리카락을 비녀로 묶어 올렸고 허리춤에는 장난감 칼을 찼다.

화사함과 늠름함을 겸비한, 멋들어진 차림새였다.

내가 혹시 할리우드의 영화감독이었다면 당장 스카우트해서 『라스트 로리 사무라이』를 제작, 로리데미상의 주연 로리상을 받는 모습까지 상상했다.

……다만 뒤숭숭한 대사를 미소와 함께 꺼내는 건 어째 조금 무섭네요, 예.

"이, 이상한 눈길로 보면 날려버릴 거야!"

격투가인 치즈루는 부끄러운 듯이 뺨을 물들이고 쿵푸 같은 자세를 취했다.

쿵푸란 중국의 권법, 즉 차이나드레스였다.

트레이드마크인 트윈테일은 위로 올려서 만두머리로 만들었다. 이건 내 리퀘스트였다. 차이나드레스에는 역시 만두지, 라는 안이한 발상이었지만 예상했던 대로 멋지게 어울렸다.

슬릿 덕분에 허벅지가 좋은 느낌으로 엿보여서 건강미 넘치는 색기가 있었다.

대사에 조금 더 사이비 중국어 같은 느낌이 있다면 좋겠지만, 뭐 이걸로 충분하다고 치자.

"——영혼의 어둠을 붉게 물들이며 업화의 통곡을 들으라 옹!"

마법사인 사나는 제대로 분위기를 타서는 의문의 주문을 영창했다.

즉, 거의 평소 그대로였다. 물론 고양이귀도 장착한 상태.

차림새는 자못 마녀 같은 느낌이라 진짜처럼 소화해냈다.

마도서 같은 도구 역시도 괜찮은 느낌을 내고 있었다.

"오오—, 역시 셋 다 엄청 귀엽네—."

나는 보석을 발견한 감정사처럼 감탄하며 진심으로 칭찬했다.

이것 참, 아주 제대로란 말이지요—. 음음.

"감사합니다." "고, 고마워……." "냐후후♡"

세 사람은 무척 기쁜 듯 수줍은 미소를 지었다.

"……그보다도 하루는 안 갈아입었네."

평상복 그대로인 내게 치즈루가 날카로운 시선을 보냈다.

"그야 이게 밥벌레의 기본 스타일이니까 말이지."

"……마왕을 쓰러뜨리기 위한 모험을 떠날 차림새가 아니 잖아."

그야말로 지당한 이야기였지만, 자잘한 건 상관없잖아.

일본의 밥벌레가 이세계로 전이되었다, 그런 식으로라도 생각해줘.

일단 제쳐놓고.

낮은 테이블에 필요한 걸 죽 늘어놓고, 준비 완료. 드디어

게임 개시였다.

——왕에게 군자금을 받아 파티를 결성하고 마왕성을 향해 출발!

상투적이라고 할까, 요즘은 도리어 희귀한 설정으로 시작했다.

주사위를 던져서 다양한 이벤트를 진행했다.

주사위는 로리들이 순서대로 던지게 했다. 우선은 토우카부터.

"갈게요."

기합을 가득 실어 주사위를 굴렸다.

참고로 이 주사위도 특별히 주문한 물건이있다. 크리스털 같아서 멋있어.

"아아…… 죄송해요, 미묘하네요……."

1이 나와서 토우카가 미안하다는 듯이 말했다.

"아니, 이건 오히려 행운이야."

"어, 그런가요?"

"응. 지나치게 빨리 가버리면 경험치와 돈이 부족할 테니까."

잔챙이를 쓰러뜨리고 강해지는 건 RPG의 기본 약속이었다.

경험치를 쌓아서 레벨업하면 스테이터스가 강화되고 사용할 수 있는 스킬도 많아진다.

소지금을 모으면 아이템 카드를 살 수 있다.

"그렇다면 다행이에요."

내 말에 토우카는 안도의 한숨을 내쉬며 미소를 지었다.

이벤트를 처리했다. 칸에는『하급 몬스터 두 마리와 조우!』라고 적혀 있었다.

대부분의 칸이 이런 느낌이었다. 배틀이 아닐 때에는 아이템 따위를 받을 수 있다든지.

또한 이 시점에서는 어떤 적인지 알 수 없었다.

몬스터 카드 더미에서 적의 숫자만큼을 뽑는 규칙이었다.

더미는『하급』『중급』『상급』의 세 단계로 되어 있고 진행과 동시에 랭크가 올라간다.

토우카에게 하급 몬스터 더미에서 카드를 두 장 뽑도록 했다.

한 장은 슬라임, 한 장은 고블린이었다.

슬라임은 작품에 따라서 잔챙이일 때도 있고 흉악할 때도 있는, 강함이 일정치 않은 몬스터인데 이 게임에서는 잔챙이급인 듯했다. 뭐, 상급 슬라임도 있을지 모르지만.

어쨌든 전투였다.

『민첩』스테이터스가 높은 순으로 행동한다.

우선은 사무라이인 토우카였다.

행동에는『통상공격』『방어』『스킬(마법)』이 있었다.

이런 부분의 시스템은 RPG랑 거의 똑같았기에 굳이 설명 없이도 로리들은 이해해주었다. 애당초 게임을 좋아하는 사나는 물론이고 토우카와 치즈루 역시 내가 플레이하는 걸

자주 봐서 최소한의 지식은 있었다.

"그럼 고블린 씨한테 통상공격을 할게요."

약한 적에게 MP를 소모하는 건 아깝다. 토우카는 무난하게 선택했다.

그보다도 고블린한테 '씨'를 붙이다니. 나는 미소와 함께 말했다.

"공격할 때는 제대로 액션을 취하는 거야."

"예?" "……어째서?"

토우카가 눈을 끔뻑거리고 치즈루가 물었다.

"물론 만화에 참고하기 위해서야. 움직일 때 몸이나 의상이 어떻게 되는지 보고 싶어."

"과연, 알겠어요." "……어쩔 수 없네."

토우카는 금방 납득하고 치즈루도 받아들여주었다.

그리고 게임 중에는 기본적으로 앉아 있지만, 액션은 물론 일어서서 하도록 했다.

조금 귀찮지만 이것도 만화를 위한 거니까 하는 수 없었다.

"……고블린 씨, 원한은 없지만 베도록 하겠어요."

그리 말하며 토우카는 천천히 칼을 뽑고 아무것도 없는 공간을 비스듬히 베었다.

"──에잇."

귀여운 기합과 함께 포니테일이 춤췄다.

너무도 믿음직하지 못한, 참으로 로리다운 칼솜씨였다.

하지만 고블린에게는 큰 대미지였다. HP가 단숨에 8할이나 깎였다.

"오, 잘했어, 토우카."

얼른 칭찬하자 토우카는 "에헤헤, 감사합니다"라며 수줍게 미소 지었다.

이어서 치즈루 차례.

"끝을 내주겠어."

치즈루도 통상공격을 고르고 고블린을 타깃으로 했다.

주먹을 단단히 움켜쥐고,

"──하앗!"

기세 좋게 전방으로 내질렀다.

응, 꽤나 좋은 느낌이었다. 하지만 조금 수수하네.

"치즈루, 펀치만이 아니라 발차기도 해줘."

"어? 뭐, 딱히 상관없지만………… 에잇!"

리퀘스트에 응해주어 오른발을 앞으로 차올렸다.

생생한 허벅지가 흘끗 엿보였다. 그래, 그렇지. 바로 이거거든.

역시 차이나드레스는 다리 기술 액션 쪽이 빛나는구나.

물론 만화를 위한 것이지 음란한 기분은 추호도 없었다. 정말로. 진짜로.

"역시 치즈루, 멋진 발차기였어. 앞으로의 적도 이런 식으로 부탁할게."

무척 만족해서는 칭찬했다.

치즈루는 "흥, 어쩔 수 없으니까 협력해줄게"라며, 그래도 기분이 나쁘지는 않다는 듯이 말했다.

이어서 사나 차례였다.

사나는 남은 슬라임을 상대로 주저 없이 마법을 영창했다.

뭐, 마법사의 통상공격은 빈약하고 MP도 많으니까 상관없다고 생각했다.

"──파이어볼이다옹!"

슬라임은 잠시도 버티지 못하고 일격으로 소멸했다.

"이예─, 나이스 사나."

"냐후후…… 내 불꽃에서 도망칠 수는 없다옹."

엄지를 척 세워 들자 사나는 득의양양한 표정으로 승리 보이스(?)를 입에 담았다.

즐거워 보이니 다행이었다.

민첩이 최저 클래스인 밥벌레가 나올 기회는 없이, 첫 전투를 노 대미지로 승리했다.

경험치랑 소지금 등을 처리하고, 입을 열었다.

"얼추 이건 느낌으로 진행되는데, 괜찮겠어?"

"예, 무척 즐거워요!"

"정말로, 생각했던 것보다 괜찮네. 분위기의 중요성도 이해했어."

"빨리 진행하는 거다옹!"

좋아좋아, 분위기가 제대로구나.

우리는 의기양양하게 마왕성을 목표로 나아갔다.

여정은 조심스럽게 말해서 순조로웠다.

"각오하세요! 비검——츠바메가에시예요!"
"간다! 오의——구두룡 진공차기!"
"나와 만난 걸 보니 네 운도 끝이다옹! 상급마법——선더
웨이브!"
"오른쪽 쓰다듬기! 왼쪽 쓰다듬기!"

익힌 스킬을 구사하여, 앞을 막아선 몬스터들을 차례차례
쓰러뜨렸다.

중급 클래스까지라면 위험할 것 없이 쓰러뜨릴 수 있는
레벨이었다.

참고로 내가 사용하는『오른쪽 쓰다듬기』는 HP 회복 스
킬,『왼쪽 쓰다듬기』는 MP 회복 스킬이었다. 공격력은 전무
하지만 서포트로서는 엄청 우수했다. 역시 밥벌레.

……하지만 그런 우리의 호쾌한 진격도 중반의 험로——
마왕군 사천왕 중 하나인 레드 뱀파이어에게 막히고 말았다.

이른바 중간보스인 이 녀석은 실로 성가신 스킬을 지니고
있었다.

인간을 조종하는 능력이었다.

이 능력 때문에 나는 적에게 세뇌당하여 로리들과 싸우는
부하가 되어버렸다.

레드 뱀파이어를 쓰러뜨리면 세뇌도 풀리겠지만, 나라는

벽이 있는 한 공격을 가할 수가 없었다. 반면에 레드 뱀파이어는 전체 마법으로 공격을 가했다. 로리들은 일단 방어를 굳혔다. 하지만 HP는 천천히 깎여나갔다. 반격하지 않는다면 언젠가 패배하는 것은 필연이었다.

즉, 동료인 나를 버리느냐 전멸하느냐.

비정한 결단으로 내몰렸다.

"큭, 얘들아! 이대로라면 전멸해! 나는 개의치 말고 공격해줘!"

다정한 로리들에게는 어려울 거라 생각해서, 나는 외쳤다.

조종을 당하고는 있지만 어렴풋이 의식이 남아 있는 상태. 그런 느낌으로.

"……그러네. 미안해, 하루! 뒷일은 우리한테 맡기고 마음 편히 가도록 해!"

치즈루는 분하다는 듯 입술을 깨물고 내 의지를 따라주었다.

그러나 토우카와 사나는 반대했다.

"말도 안 돼, 선생님을 공격하다니 그럴 수는 없어요!"

"오라버니는 반드시 구하겠다옹!"

둘의 눈은 희미하게 젖어 있었다.

"그럼 어떻게 하라는 거야!"

치즈루가 그리 대답한 참에, 내 턴이 되었다.

나는 참으로 유감스러워하며 토우카에게 『허그』 스킬을 발동했다.

여느 때처럼 분위기를 중시하기 위해서, 현실에서도 꼭 끌어안았다.

"미안해, 토우카!"

"아으으……♡"

본래라면 회복스킬이지만 상대의 HP를 흡수하는 드레인 스킬로 변한 상태였다.

그리고 레드 뱀파이어의 전체마법으로 로리들은 더더욱 HP가 깎였다.

"아아, 정말이지, 나만이라도 공격할 테니까!"

기다리다 지친 치즈루가 내게 "에잇!"이라며 발차기를 날렸다. 내 다리에 퍽, 적중.

"끄아악!"

물론 힘을 무척 뺀 발차기였지만 나는 과장되게 고통스러워했다.

"너무해요, 치즈루!"

"동료한테 무슨 짓이냐옹!"

"그, 그렇게 말해도 어쩔 수 없잖아! 그보다, 하루도 너무 아파하잖아!"

토우카와 사나의 비난에 치즈루가 거칠게 말했다.

"괜찮아, 치즈루. 그러면 돼. 토우카와 사나도 해줘……!"

"거봐, 하루도 이렇게 말하니까 너희 둘도 공격해!"

"무리에요!" "못 한다옹!"

둘 다 계속해서 방어를 선택했다.

또다시 내 턴이 돌아왔다. 할 수 없이 이번에는 사나에게 『허그』를 먹였다.

"미안해, 사나!"

"야─옹……♡"

사나에게서 HP를 흡수해서, 치즈루에게서 받은 대미지를 회복하고 말았다.

"아아…… 사나, 괜찮나요?"

"야옹, 상당한 핀치다옹……."

"다음에는 제가 선생님의 스킬을 받을게요."

"안 된다옹. 토우카도 상당히 상처를 입었다옹. 내가 또 받겠다옹."

"아뇨, 제가."

"야옹, 내가."

"아뇨아뇨 제가."

"야옹야옹 내가."

"둘 다 마왕을 쓰러뜨린다는 목적을 잊어버린 거 아냐?!"

동료를 지키기 위해서──인지는 확실치 않지만, 무척이나 스킬을 당하고 싶어 하는 두 사람에게 치즈루가 얼굴을 붉게 물들이고서 태클을 걸었다.

"그리고 순서를 생각하면 다음은 나잖아!"

그건 확실히 그렇지. 지당했다.

다시 한 바퀴 돌아서 내 차례가 되어 치즈루에게 『허그』를 사용했다.

"미안해, 치즈루!"

"앗──."

이것으로 치즈루의 HP도 상당히 불안해졌다.

그리고 레드 뱀파이어의 전체마법…….

로리들은 더더욱 절체절명의 궁지로 내몰렸다.

"으으, 어떻게 하면 좋을까요……."

"너, 너무 강하다옹……."

"아니, 두 사람이 진지하게 싸우질 않으니까 그런 거잖아."

약한 소리를 흘리는 토우카와 사나에게 치즈루가 날카로운 시선을 향했다.

그러자 두 사람도 울컥해서 반론했다.

"선생님의 스킬을 제대로 받은 치즈루도 남 일처럼 그럴 처지는 아니라고 생각해요!"

"그렇다옹, 그렇다옹!"

"그, 그건 너희를 지키기 위해서, 어쩔 수 없었다고!"

"그런 것치고는 표정은 기뻐했다고요!"

"데레데레했다옹!"

"윽…… 괘, 괜한 트집이야! 전혀 데레데레하지 않았는걸!"

활로가 보이지 않는 상태에서, 끝내는 동료 사이에 균열이 생기기 시작했다…….

으음, 이건 좋지 않은 흐름이었다.

어떻게든 하지 않으면 진짜로 게임오버가 되어버린다.

종반부에 준비해둔 연출을 위해서라도, 여기서 패배해서

는 곤란했다.

그렇지만 지나치게 술술 풀리는 전개로 하는 것도 그렇고 말이지—.

자, 과연 어떻게 해야 할까. 그런 생각을 시작한 그때.

똑똑, 노크 소리가 울렸다.

세 사람이 말다툼을 중단하고 문 쪽으로 시선을 향했다.

"실례할게요."

의지할 수 있는 모두의 슈퍼에이스이자 내 전속 메이드인 출렁출렁 메이드.

마야 씨가 방으로 들어왔다.

최악의 순간에 들어오는 경우도 많지만, 오늘은 최고의 타이밍이었다.

아니, 어쩌면 업무와 관련된 용무일지도 모른다.

"어쩐 일이야? 무슨 일 있어?"

우선은 그렇게 물었다.

"아뇨. 일이 일단락되어서 여러분을 보러왔을 뿐이에요."

다행이다. 그렇다면 계속 놀 수 있겠네.

"무척 귀여운 복장이네요. 오늘은 뭘 하고 계신가요?"

코스프레를 한 셋의 모습에 시선을 멈추고 마야 씨가 말했다.

노출도에 문제가 없는 덕분인지 말투는 온화했다.

질타하는 것이 아니라 순수하게 신경이 쓰이는 모양이었다.

"보드게임이야."

테이블 위를 손으로 가리키고,

"일이 끝났으면 마야 씨도 같이 어때?"라고 권유했다.

도중에 참가하는 걸 상정한 게임은 아니지만, 이런 우연
도 활용하지 않을 수는 없었다.

"그래! 마야 씨도 동료가 되어줘!"

치즈루가 경쾌한 목소리로 말했다.

"그렇게 하면 이 싸움도 이길 수 있어!"

"……싸움?"

"지금 세 사람이 위기거든."

나는 고개를 갸웃거리는 마야 씨에게 사정을 설명했다.

"과연. 그런 거라면 부족하나마 도움이 되어드릴게요."

마야 씨는 로리들을 향해 미소를 짓고는 무례하게도 나를
가리켰다.

"그러니까 이 사람을 날려버리면 되는 거로군요?"

"그래, 맞아!"

치즈루는 미소를 지으며 고개를 끄덕였다. 어, 그런 건가?

"아뇨, 가능하다면 선생님을 구하는 방향으로 부탁드려요."

토우카가 정정했다. 응, 그렇지.

"하지만 그런 방법이 있냐옹……?"

"없지는 않아."

곤란하다는 표정으로 말하는 사나를 향해 나는 싱긋 웃으
며 말했다.

"정말이냐옹?"

"응. 이 게임에는 세뇌를 푸는 스킬도 있다……고만 말해둘게."

거의 해답이나 마찬가지였지만, 자력으로 돌파하는 느낌을 연출하고 싶어서 그런 말투를 사용했다.

"과연! 그 스킬을 사용할 수 있는 직업으로 마야가 참가해 주면 되겠네요!"

금방 그 사실을 알아차린 토우카.

"찾아보자!" "예!" "야옹!"

치즈루가 직업 카드 다발을 손에 들고, 셋이서 나누어 체크를 했다.

열성적인 모습이 참으로 흐뭇하구나.

문득 옆을 보니 마야 씨도 입가에 미소를 머금고 있었다.

"……뭔가요?"

내 시선을 알아차리고 마야 씨가 이쪽을 노려봤다.

"아니, 아무것도 아닙니다."

"그렇다면 이쪽을 보지 마세요."

……으음, 매정해라.

로리들과 비교하면 100분의 1이라도 좋으니까, 주인님한테도 사랑을 주세요.

"찾았어요!" "나도!" "있다옹!"

몇 분 뒤, 세 사람은 각자 카드를 한 장씩 들고 있었다.

토우카가 들고 있는 건 『메이드』.

치즈루가 들고 있는 건『간호사』.

사나가 들고 있는 건『신관』.

셋 다 상태이상을 회복하는 스킬을 지니고 있었다.

"마야, 이 중에서 마음에 드는 직업을 선택하세요!"

"마야 씨라면 어느 직업이든 잘 어울릴 거야!"

"의지가 될 거라옹!"

"……으—음, 어떻게 할까요."

미소를 지으며 카드를 건네자 마야 씨는 부끄러운 듯 쓴 웃음 지었다.

어쩐지 일제히 고백하는 것 같구나, 그런 생각을 하며,

"참고로 선택한 직업의 의상으로 갈아입어야 되니까."

중요한 사실을 말했다.

"……어, 그런가요?"

"그래. 세 사람도 갈아입었잖아?"

"당신은 평소 그대로잖아요."

"나는 밥벌레니까 이거면 돼."

"……그럼 저도 메이드로 하면 옷을 안 갈아입어도 된다는 건가요?"

마야 씨가 입고 있는 건 흠잡을 데 없는 메이드 옷이었다.

"그러네"라며 나는 수긍했다.

"알았어요. 그럼 메이드로 할게요."

마야 씨는 안도의 한숨을 흘리고 토우카의 카드를 손에 들었다.

――아아, 마야 씨가 메이드 말고 다른 코스프레를 하는 게 보고 싶었는데 아쉽다…….

내가 그런 생각을 하고 있느냐면, 전혀 그렇지 않았다.

――훗, 걸려들었군, 마야 씨. 이 경우에는 메이드가 가장 위험하거든…….

뭐, 그렇게 되어서.

메이드인 마야 씨가 조력자로 나타났다, 그런 설정으로 게임을 재개했다.

"마야! 스킬을 써서 적의 세뇌를 풀어주세요!"

"아, 예."

토우카의 말에 마야 씨는 자신의 직업 카드로 시선을 떨어뜨렸다.

"이『파후파후』라는 녀석이군요?"

――그렇다.

메이드가 지닌, 상태 이상을 회복할 수 있는 스킬의 이름은 바로 그 유명한『파후파후』였다. 마야 씨가 이 게임에 참가해서 이런 상황이 될 것을 예상하여 내가 설정한 것이었다. 스스로 생각해도 참으로 책사답지 않은가…….

참고로 이건 표절이 아니라 오마주라고? 진심으로 리스펙트합니다.

마음속으로 흐뭇해하자니 토우카가 마야 씨에게 말했다.

"그래요. 그걸 선생님께 해주세요."

"어, 하는 건가요……?"

"예. 분위기를 만들어서 더욱 즐기기 위해, 무엇보다도 선생님의 만화에 참고가 될 수 있도록 실제로 액션을 한다는 규칙이에요."

"그, 그렇군요……."

마야 씨는 그렇게 받아들이고는 고개를 갸웃거렸다.

"죄송해요. 이 파후파후라는 건 어떤 움직임을 하는 건가요?"

어라, 모르나.

나는 조금 놀랐다. 『드래곤볼』이나 『드래곤 퀘스트』라는 레전드급 콘텐츠에 나오니까 누구라도 알 거라고 생각했다.

어, 하지만 만화나 게임에 어두운 사람도 있는 법이구나…….

자신에게 당연한 것을 세간의 상식이라고 생각하는 건 그다지 좋지 않은 일이었다.

그런 식으로 가볍게 반성을 하자니 사나가 입을 열었다.

"파후파후는, 가슴을 쓴다옹."

역시나, 라고 할지, 사나는 제대로 아는 모양이었다.

"예……?"

"상대의 얼굴을 가슴 사이에 끼우고서 파후파후하는 거다옹."

"…………그걸 제가 저 사람한테 하는 건가요?"

"그렇다옹."

쭈뼛쭈뼛 묻는 마야 씨를 향해 사나는 진지한 표정으로

고개를 끄덕였다.

"──윽."

마야 씨는 아연실색해서 굳었다.

"……어, 그거 굉장히 야하지 않아……?"

치즈루가 얼굴을 붉히고 중얼거렸다.

"그런가요? 인공호흡 같은 거니까 딱히 야하지는 않다고 생각해요."

"어느 쪽이든 오라버니를 구하려면 그것밖에 없다옹."

"……으음, 뭐, 그럴지도."

어디까지고 진지한 두 친구의 말에 치즈루도 일단 납득했다.

나는 필사적으로 웃음을 억누르고 지금이라는 듯이 소리쳤다.

"자, 마야 씨! 어서 나한테 파후파후해줘!"

"──우, 웃기지 말아요!"

마야 씨는 새빨개진 얼굴로 화냈다.

당연한 반응이지만…… 이미 상황은 갖추어졌다.

"마야!" "부탁이야, 마야 씨!" "마야 씨, 하는 거다옹!"

"예엣?!"

로리들에게 포위당하여 마야 씨는 성대하게 허둥댔다.

"으윽, 마야 씨! 빨리해줘……!"

고통스러워하는 연기를 하며 나는 압박을 가했다.

"마야!" "마야 씨!" "마야 씨!"

"으으……."

후하하, 로리들에게 무른 출렁출렁 메이드 녀석!

이렇게까지 애원하는데 과연 거부할 수 있겠느냐!

"……이렇게 되었으니 할 수밖에 없겠군요."

마야 씨는 눈에 어렴풋이 눈물을 머금고 무언가를 결의한 듯이 한숨을 내쉬었다.

천천히 내게로 다가와서 양팔을 벌렸다.

그 동작만으로도 내 심장은 두근두근 드높이 뛰었다.

마침내, 꿈에서마저 봤던 저 거유에 닿을 수 있는 건가.

그런 얼빠진 감동에 빠져 있던 그때.

"──메, 메이드 펀치!"

"──윽?!"

마야 씨는 주먹을 쥐고 내 안면을 향해 날카로운 지르기를 날렸다.

기합은 귀여웠지만 그 주먹의 속도는 전혀 귀엽지 않았다.

풍압으로 한순간 앞머리가 떠올랐다고…….

심장이 몇 초 전과 다른 의미로 두근두근했다.

직전에서 멈추지 않았더라면…… 나는 아마도 죽었을 것이다.

그리고 게임상으로는 실제로 죽어버렸다…….

사실은 내 취향에 따라서 메이드는 최강 클래스의 직업으로 설정되어 있었다.

　서포트만이 아니라 공격력도 장난 아니었던 것이다.

　내구성이 낮은 밥벌레 따위는 『메이드 펀치』 한 방으로 끝났다.

　"""………………."""

　예상치 않았던 사태에 나와 로리 셋은 말을 잃을 수밖에 없었다.

　"――죄, 죄송해요…… 저도 모르게 다른 스킬을 써버렸어요……."

　무거운 공기에 깜짝 놀라서 마야 씨는 황급히 머리를 숙였다.

　몸을 앞으로 숙이자 가슴이 출렁, 강조되었다.

　저 풍만한 둔덕에 얼굴을 파묻고 싶었을 뿐인 인생이었다…….

　하지만 살해당해버렸으니 이제는 어쩔 도리도 없었다.

　나는 "커헉" 하며 무릎을 꿇었다.

　"――선생님!" "――하루!" "――오라버니!"

　뒤로 쓰러진 내 곁에 세 사람이 달라붙었다.

　"얘들아, 미안해…… 나는 여기까진가 봐……."

　"세상에!" "말도 안 돼!" "포기하면 안 된다옹!"

　나는 온화한 미소를 띠었다.

　"……나 대신에 마야 씨를 동료로 삼아서…… 마왕을, 쓰러뜨려줘……."

털썩.

"——선생니이이이임!" "——하루우우우우!" "——오라버니이이이이!"

더 이상 대답할 수는 없었다. 그저 시체였다.

"……윽."

한쪽 눈을 뜨고 마야 씨를 흘끗 살펴보니 무척 거북한 듯이 쭈뼛쭈뼛하고 있었다.

뭐, 자기 때문에 로리들이 슬퍼하니 마음이 아프겠지.

으음, 아무리 그래도 좀 가여운데.

내게로 일말의 책임은 있었다. 오히려 전면적으로 내가 나쁘다고 할 수 있을 정도였다.

"그렇게 되어서, 여기서부터는 넷이서 여행을 해줘."

벌떡 몸을 일으키고 밝게 말했다.

그럼에도 토우카는 미련이 남았는지,

"……선생님을 되살리는 건 무리인가요?"

그렇게 물었다.

뭐, 설령 게임일지라도 동료와 죽음으로 이별한 채로 계속 이어지는 건 슬프겠지.

"마왕을 쓰러뜨리면 희생되었던 사람들을 되살릴 수 있어."

그런 설정을 덧붙였다.

아이들의 눈동자에 희망의 불씨가 피어났다.

"——알겠어요! 마왕을 쓰러뜨려서 반드시 선생님을 다

시 살려드릴게요!"

"그러네. 겸사겸사 도와주도록 할까."

"모두의 힘을 합치자옹!"

마야 씨도 쭈뼛쭈뼛 손을 들었다.

"……저기, 저도 최선을 다할게요."

"물론이에요. 이제 그런 실수는 하면 안 된다고요?"

토우카는 작게 웃고 검지를 척 들며 주의를 줬다.

"뭐, 그 일은 어쩔 수 없었다고 생각하지만. 나라도 무심
코 때려버렸을지도."

"야옹, 치즈루는 진짜로 할 것 같다옹."

치즈루가 마야 씨를 옹호하자 사나는 쿡쿡 웃었다.

"……그렇게 말씀해주시니 다행이네요."

마야 씨도 안심한 듯 미소 지었다.

좋은 분위기로 수습된 참에, 토우카가 서두를 뗐다.

"그럼 다시 모험을 떠나죠!"

"그 전에 방치된 레드 뱀파이어를 쓰러뜨리고."

"아, 그랬죠!"

나라는 벽이 사라졌으니 더 이상 몸을 사릴 필요는 사라
졌다.

"──질풍참이에요!"

"──봉황각이야!"

"──다크 프레임이다옹!"

"……메, 메이드 킥……."

강력한 스킬을 차례차례 퍼부었다.

1턴 만에 레드 뱀파이어의 HP는 0이 되었다.

그 후로 네 사람은 파죽지세로 진격했다.

개인의 전투력만이 아니라 팀워크도 최고, 게다가 주사위 운도 지녔다.

아무리 강력한 적이 나타날지라도 거의 고전하지도 않았다.

그리고 마침내 본거지인 마왕성까지 다다랐다.

최후의 결전에 도전하기 전에 파워 업 이벤트가 있었다.

상급 직업으로 클래스체인지 및 최강의 방어구 입수였다.

이때 나는 준비해두었던 의상을 옷장에서 가져왔다.

각자의 직업을 모티브로 해서 만든——비키니 아머였다.

여름 코미케에서 보고 꼭 손에 넣었으면 좋겠다고 생각한 나는, 그날부터 인터넷에서 여기저기를 찾아다녔지만 결국 납득할 수 있을 수준의 물건을 찾지 못했다. 그래서 SM 본디지를 만든 장인에게 부탁해서 다양한 타입의 비키니 아머를 주문제작한 것이었다.

"오오, 선생님께서 좋아하시는 그거로군요!"

"야옹, 굉장한 퀄리티다옹!"

토우카와 사나는 눈을 반짝반짝 빛내며 기뻐해주었다.

"……너는 정말로 쓰레기구나——."

치즈루는 쓴웃음을 섞어서 말했지만 딱히 싫어하는 기색은 아니었다.

"어, 이걸 입어야만 하는 건가요……?"

마야 씨는 역시나 당황했다.

"이게 없으면 마왕의 공격에 전혀 버틸 수가 없거든."

"그, 그래도 저는 이걸로 충분해요……."

내가 친절하게 가르쳐주자 마야 씨는 고개를 내저으며 사양했다.

그 모습을 보고 토우카가 얼른 의견을 꺼냈다.

"어, 안 돼요, 마야! 마왕을 쓰러뜨리지 못한대도 상관없나요?"

"……세, 세 분만으로도 어떻게든 될 거라 생각해요."

"그런 보증은 어디에도 없어요."

토우카의 말에 치즈루와 사나도 고개를 끄덕였다.

"맞아. 세계평화를 위해서 조금이라도 확률을 높여두자."

"오라버니의 목숨도 걸려 있다웅."

"사나의 말이 맞아요. 마야, 선생님을 모시는 메이드로서 각오를 다지세요."

"하, 하지만 너무 부끄러워서……."

얼굴을 붉히고서 머뭇머뭇하는 마야 씨에게 토우카가 바싹 다가갔다.

"수치심과 선생님의 목숨, 어느 쪽이 소중한가요?"

"그야 수치심이죠."

──즉답하는 거냐. 적어도 조금은 망설여달라고.

"으음, 마야도 참 매정하네요……."

토우카는 불만스레 입술을 삐죽이고,

"그래도 제발 부탁드려요!"

손을 맞대며 머리를 숙였다. 이건 정말 더도 덜도 없는, 완벽한 조르기였다.

"마야 씨, 나도 부탁할게. 부끄럽다는 건 알지만, 수영복 같은 거라 생각하면 참을 수 없는 것도 아니잖아?"

"마야 씨, 제발 부탁한다옹!"

치즈루와 사나도 손을 맞대니 마야 씨는 포기한 듯 탄식했다.

"…………알겠어요."

──좋았어!

마음속으로 성대하게 만세를 부르고, 나는 신이 나서는 모두에게 의상을 건넸다.

그렇게 되어서.

로리 셋의 비키니 아머와 출렁출렁 하나의 비키니 아머에게, 마왕은 쓰러졌다. 완벽할 정도의 압승이었다. 기적의 힘으로 되살아난 나는 그녀들의 용맹한 모습을 확실하게 스케치했다. 그야말로 해피엔딩.

"또 다 같이 하자."

뒷정리를 한 뒤, 나는 대만족해서 말했다.

"예, 꼭 해요!"

"그러네. 다른 직업도 시험해보고 싶어."

"다음에는 최고난이도로 하자옹."

"……즐겁게 노는 건 좋지만, 가능하다면 옷을 갈아입지 말았으면 좋겠네요."

텐션이 올라간 로리들과는 달리 힘겨운 한숨을 내쉬는 마야 씨였다.

로리 수라장

보드게임을 하고 논 다음날.

학교에서 돌아온 교복 차림의 로리 삼인조와 『오늘은 뭘 할까—』라는 느낌으로 이야기를 나누었다.

"저는 선생님께 맡길게요."

"나도 기본적으로 너한테 맡기니까. 너무 이상한 거라면 반대하겠지만."

소극적인 태도의 토우카와 치즈루.

하지만 나도 오늘은 생각나는 게 없었다.

결정을 맡은 거야 상관없지만, 자, 그럼 뭘 할까⋯⋯?

그리 고민을 시작했더니 사나가 "야옹"이라며 손을 들었다.

"코미케 만화에 대해서 제안할 게 있다옹."

로리들이 원작을 맡고 내가 작화를 맡아서 공동제작.

시간에 여유가 있기도 해서 그런지 로리들 사이에서도 좀처럼 의견이 정리되지 않아 지금도 내용은 어중간한 상태 그대로였다.

하지만 벌써 10월 중순이니 슬슬 본격적으로 움직이는 편이 좋을지도 모르겠다.

진전을 기대하며 나는 사나에게 물었다.

"오, 뭔데?"

"장르는 이세계 판타지가 좋다고 생각한다옹."

"흠…… 이유는?"

"어제의 모험이 엄청 재미있었으니까 그렇다옹."

과연, 그런 건가.

조금 안이하다는 느낌이지만…… 그 마음에 따르는 건 창작으로서 올바른 일이었다.

처음부터 즐기는 게 목적이었으니 개인적으로는 괜찮겠다고 생각했다.

"여러모로 생각하면 그게 최선일지도 모르겠네요."

토우카도 그에 동조했다.

"어제 선생님은 쓰레기이시면서도 무척 멋졌어요."

"어, 그랬던가?"

치즈루가 미간을 찌푸렸다.

"잔뜩 성희롱을 해대고는 도중에 죽은 기억밖에 없는데."

"뭐, 확실히 죽어버린 건 아쉬웠지만 그때까지는 활약하셨어요."

"우수한 서포트였다옹……."

토우카의 말에 사나는 연신 고개를 끄덕이고는 먼 곳을 향한 시선으로 비스듬히 위쪽을 쳐다봤다.

분명 허공에는 미소를 짓는 내가 떠 있을 것이다.

아니, 최종적으로는 되살아났으니까 그렇게 취급하는 건 좀 이상하잖아…….

하지만 꺼낸 말 자체는 틀리지 않았다.

실제로 『밥벌레』는 우수한 서포트 역할이고 의외로 상당히 활약했다.

『메이드』 쪽이 더 우수했으니까 인상이 옅어져 버린 것도 무리는 아니지만.

"뭐, 현실의 하루보다 도움이 된 건 확실해."

치즈루도 납득했다.

"그렇게 생각하면, 확실히 이세계 판타지는 그럴 듯하네. 하루라는 주인공이 멋있게 활약하도록 만들기에는, 오히려 그것 정도밖에 없을지도."

가혹한 이야기였다. 게다가 대부분 사실이라 무어라 대답할 말도 없었다.

"그거다옹."

사나는 득의양양하게 이야기했다.

"내가 보고 싶은 『이능력을 사용하는 멋있는 오라버니』, 토우카가 보고 싶은 『예상 밖의 언동으로 상식을 깨부수는 오라버니』, 치즈루가 보고 싶은 『착실하게 일하고 의지가 되는 오라버니』. 어제 같은 판타지라면 그 모든 걸 채울 수 있다옹."

"오오, 역시 사나예요! 그걸로 가죠!"

"응, 나도 찬성."

셋의 의견이 멋지게 일치했다.

나로서도 거부할 이유는 없었다.

현대 일본을 무대로 삼아도 모든 걸 채울 수 있는 주인공은 만들 수 있을 거라 생각하지만…… 이세계 쪽이라면 더욱 심플하게 만들 수 있겠지.

무대가 현대라면 수많은 가치관이 맞부딪혀서 목표를 어디로 설정할지로 셋의 의견이 나뉘어버린다. 반면에 이세계라면 『마왕을 쓰러뜨려 세계의 평화를 지킨다!』 같은 이미지를 공유할 수가 있다.

물론 마왕을 쓰러뜨리는 것만이 판타지가 아니라는 건 알고 있다.

그러니까 이건 어디까지나 이미지의 이야기.

나도 포함해서, 모두 그렇게까지 깊은 지식을 지니고 있진 않으니까 말이다.

판타지라도 하니 뇌리에 떠오르는 건 역시 RPG 쪽의 세계관이었다.

이세계라면 무엇을 하든 OK, 같은 느낌으로 편리하게 사용하도록 하자.

"보드게임을 한 게 제대로 정답이었네."

내가 웃으면서 말하자,

"예! 인풋의 중요함을 몸소 이해했어요."

"참으로 그 말 그대로다옹. 크리에이터에게 놀이는 필수 불가결하다옹."

토우카와 사나는 미소를 지으며 고개를 끄덕이고,

"……뭐, 일리 있다는 건 인정해줄게."

조금 분하다는 듯이 입술을 삐죽이는 치즈루였다.

그런 연유로.

오늘은 이대로 만화의 내용에 대해서 다 같이 이야기를 나누게 되었다.

그렇다고는 해도 대장편을 만드는 건 아니었다.

단편으로 할 수 있는 건 한정되어 있다.

"보여주고 싶은 장면은 많겠지만 세 개로 압축해줘."

과거에 유리에게 받은 조언을 바탕으로 나는 그렇게 요청했다.

그리고 로리들은 착실히 그에 응해주었다.

줄거리를 대충 설명하면 이런 느낌이었다.

그곳은 모든 사람이 신탁에 따라 직업이 정해지는 세계……

최약(最弱)의 직업 『밥벌레』가 되어버린 주인공 하루는 주위에서 바보 취급을 당할 뿐, 어느 파티에서도 받아주지 않았다.

하루의 유일한 장점은 무척 다정한 마음씨를 지녔다는 것.(현실보다 미화되었다.)

그 사실을 안 세 여자아이(물론 모델은 로리들)가 하루를 동료로 받아주었다.

그 후로 하루는 여자아이들의 힘이 되고자 결의하고 밥벌레로서 노력을 거듭한다.

하지만 애당초 밥벌레 자체가 구제할 길이 없는 직업이라 발목을 붙잡을 뿐인 나날이 이어졌다…….

그런데도 여자아이들은 하루가 무척 노력한다는 사실을 알고 있었다.

도움이 되지 않는 하루를 따스한 마음으로 대하고 격려했다.

그러던 어느 날, 살고 있던 마을을 흉악한 몬스터가 덮쳤다.

실력 있는 모험자들조차 적수가 안 되는 절체절명의 위기…….

이제 여기까지인가——바로 그때!

마침내 밥벌레의 힘이 각성한다!

이제까지의 울분을 씻어내는 듯한 대활약으로 몬스터를 격파!

하루는 단숨에 영웅이 되고 대단원을 맞이한다.

초반에서 쓸모없는 주인공을 보여주고, 중반에서 동료와의 인연을 쌓고, 후반에서 능력을 각성하여 카타르시스를 얻는다.

상투적이라면 상투적이지만, 잘 만들어졌다고 생각했다.

게다가 대략적인 이 흐름을 만들어내는 데에 걸린 시간은

30분이었다.

주로 토우카와 사나가 아이디어를 내고 치즈루가 태클을 걸어 궤도수정.

실로 훌륭한 팀워크였다. 역시 하이스펙 아가씨들이었다.

그보다, 확실히 나보다 구성력이 있구나…….

참으로 면목이 없구나. 이불이 있다면 잠들고 싶어…….

나는 은근히 대미지를 받았지만, 로리들의 회의는 아직도 계속되고 있었다.

"오라버니가 각성할 때, 뭔가 특별한 이벤트가 있었으면 한다웅."

"아—, 그러네요. 가장 분위기가 고조되는 부분이니까."

"뭔가 키가 되는 아이템을 사용한다든지?"

그렇게 이야기는 연출 부분에까지 이르렀다.

하지만 아무리 로리들이라도 이 과제는 척척 해결할 수는 없는 모양이라…….

좀처럼 좋은 아이디어가 나오지 않아, 이 시점에서 회의는 정체되고 말았다.

1분 가까이 아무도 발언을 하지 않게 된 시점에서 나는 제안을 했다.

"아무리 생각해도 안 떠오를 때는 절대로 안 떠오르니까 조금만 쉬자고."

"아—, 그렇군요. 그렇게 할까요."

토우카는 쓴웃음을 띠고 작게 한숨을 흘렸다.

"그러면 당분을 좀 보급하고 싶다옹."

"아, 나도. 뭔가 달콤한 게 먹고 싶어."

사나의 말에 치즈루가 곧바로 반응했다.

"그럼 산책 겸 케이크라도 사러갈까."

"예." "응." "야옹."

셋 다 기꺼이 찬성해주었다.

그런 연유로.

업무 중인 마야 씨에게 이야기를 해두고 밖으로 나왔다.

가장 가까운 케이크 가게는 도보로 10분 정도 거리에 있었다.

바깥 공기를 마시기에는 딱 적절한 거리였다. 다리를 움직이면 뇌도 활성화된다고 그러니까.

차나 자전거 따위를 조심하며, 적당히 잡담을 나누며 걸었다.

케이크 가게에 도착. 유명인들에게 납품도 하는 인기 가게였다.

하지만 가게 규모는 비교적 소박한 느낌이고 가격도 그렇게까지 비싸지는 않았다.(싸지도 않지만.)

"으음, 어느 걸로 할까요. 전부 맛있어 보여서 결정이 쉽지 않네요."

"그 마음은 나도 알겠어. 쇼트케이크는 틀림없이 맛있을 테지만 초콜릿도 포기하긴 힘들고——아, 이런 계절에는 몽블랑도 괜찮겠다!"

"야옹, 치즈케이크가 나를 유혹해……."

유리 케이스 안에 아름답게 자리 잡은 케이크들을 반짝반짝하는 눈동자로 바라보는 로리들.

무척 여자답다는 느낌이라 꽤나 흐뭇한 광경이었다.

"차라리 모든 종류를 다 사버리면?"

재력으로는 당연히 가능할 터이니 농담조로 말해봤다.

어른의 지름이 아니라 아가씨의 지름이었다.

"아뇨, 그래서는 칼로리 오버예요."

"그래, 바보 하루. 조금은 생각을 하고 말하는 게 어때?"

"정말로 오라버니는 가끔 섬세함이 부족하다옹."

……생각한 것 이상으로 싸늘한 반응이 돌아왔다.

으음, 역시 어엿한 여자였다.

나는 주눅이 들어서 "어째 미안하네……"라고 사과했다.

그리고 최종적으로 한 종류씩 골라서 다 같이 나누자는 『케이크 동맹』이 맺어지고(나도 강제적으로 참가하게 되었다), 마야 씨 몫도 포함해서 케이크 다섯 개를 구입했다.

계산은 치즈루가 해주었고(셋이 가위바위보를 해서 이긴 사람이 산다는 규칙), 상자는 물론 내가 들었다.

"선생님, 제대로 수평을 유지하셔야 된다고요?"

"떨어뜨리기라도 하면 날려버릴 거니까."

"오라버니를 믿고 맡기겠다옹."

"……예, 열심히 할게요."

기껏해야 케이크를 가지고 그렇게까지 압박을 줘도…….

그런 생각도 없지는 않았지만, 입 밖으로 꺼낸다면 또 비난을 당할 게 눈에 선했다.

양손으로 단단히 품어 들고 세심한 주의를 기울였다.

그런 귀갓길. 도중에 고등학생 커플과 스쳐 지나갔다.

남녀 모두 블레이저 교복으로, 화기애애하게 손을 잡고 있었다. 결코 빤히 쳐다본다든지 그러지는 않았지만, 그럼에도 어쩐지 흘끗 시선을 보내고 말았다.

그러자 토우카가 조심스레 내게 말을 건넸다.

"……혹시 학교를 그만둔 걸 후회하시나요?"

"응? 어째서?"

전혀 예상하지 않았던 질문에 눈을 끔뻑였다.

"그게, 제 착각일지도 모르겠지만 부럽다는 눈빛이셔서."

"아—."

나는 쓴웃음을 흘렸다.

"아니, 후회 같은 건 정말 요만큼도 없어. 그때보다 지금이 2억 배는 더 즐거운걸."

"그러신가요. 그렇다면 다행이에요."

안도했는지 토우카는 입가를 느슨히 풀었다.

"하지만, 그렇지. 교복 데이트라고 하나? 저렇게 무척 청춘다운, 새콤달콤한 연애는 솔직히 동경이 있으려나."

딱히 깊은 의미는 없이, 시추에이션의 하나로 그리 생각했다.

옆집에 미인 누님이 이사 온다든지, 가정교사가 미인 누님이라든지, 미인 누님과 엘리베이터에 갇힌다든지. 누구라도 한 번은 생각해봤을 법한, 그런 싱거운 바람이었다.

"교복이라면 우리가 있다옹."

사나가 내 왼팔에 자신의 가느다란 팔을 휘감았다.

"맞아요."

토우카도 살며시 다가와서 내 오른팔을 끌어안듯 팔짱을 꼈다.

······덕분에 케이크를 드는 게 조금 힘들어졌지만 두 사람의 체온에 힐링이 되었다.

"선생님께서 다니시던 학교의 교복, 아직 버리진 않으셨죠?"

"뭐, 일단은 말이지."

더는 걸칠 일은 없겠지, 그리 생각하면서도 무언가 자료로 쓸 수 있을지도 모른다는 생각에 일단은 남겨두었다.

"그러니까 선생님께서 하고 싶으시다면 언제든지 말씀하세요. 기꺼이 어울려드릴게요. 만화에 살릴 수 있을지도 모르니까요."

"응, 그러네."

이런 건 현역이기에 의미가 있다고 생각하지만(현재의 내가 교복을 입어봐야 이미 코스프레의 영역이니까), 호의를 허사로 만드는 것도 뭣해서 미소를 지으며 대답해뒀다.

"고마워. 그때는 잘 부탁할게."

"예." "야옹."

부드러운 미소를 지으며 토우카와 사나는 활기차게 대답해주었다.

그때 갑자기 치즈루가 큰 소리로 말했다.

"──좋은 게 떠올랐어!"

"……좋은 거?"

나는 앵무새처럼 되물었다. 치즈루가 득의양양하게 말했다.

"그래. 우리 만화 말인데, 연애요소를 넣어보지 않을래?"

"──과연. 그건 괜찮을지도 모르겠어요."

"확실히 로맨스가 있다면 클라이맥스도 더 흥할 거라옹."

토우카와 사나는 찬동했다.

나도 나쁘지는 않다고 생각했다.

아니, 오히려 넣지 못할 이유가 없을 정도였다.

메인 캐릭터의 모델이 우리이기에 그런 발상에 다다르지는 않았지만, 연애는 엔터테인먼트의 기본이었다. 어지간히 금욕적인 작풍만 아니라면 넣어서 손해 볼 건 없겠지.

……아니, 하지만 그리 말해봐야 역시나 모델은 우리였다.

말로 꺼내는 건 간단하지만, 청년과 로리가 연애를 하게 만드는 건 영 어려울 것 같았다.

방법에 따라 다르겠지만, 섣불리 다루었다가는 상당히 위험한 그림이 될 테지…….

뭐, 하지만 지금 단계에서 부정적인 의견을 내봐야 소용 없었다.

일단 세 사람이 마음 편히 생각하도록 해주는 게 좋겠지.

나는 태평하게 그리 생각하고 있었다.

…………결론부터 말하면, 엄청나게 아웅다웅했다

마야 씨랑 내가 아웅다웅 몸싸움을 했다든지, 그런 해피한 전제는 물론 아니고.

"──역시 제가 최고라고 생각해요!"

"──아니, 나야!"

"──내가 틀림없다옹!"

셋의 의견이 여봐란듯이 충돌하고 말았다…….

중간까지는 괜찮았다.

귀가하고, 손을 씻고, 마야 씨한테 케이크를 주고, 내 방으로 돌아오고, 다 같이 케이크를 나누며 화기애애하게 연애요소에 관해서 이야기를 나누었다.

문제였던 하루의 각성 이벤트를 어떻게 하느냐.

이것도 스무드하게 결정되었다.

키스였다.

히로인과 키스를 해서 밥벌레의 계약을 나누어, 하루는 진정한 힘에 눈을 뜨는 것이었다.

클리셰에 클리셰를 겹친 클리셰킹 수준의 흐름이었지만,

좋게 말해서 왕도였다.

클라이맥스를 만든다는 목적은 더없이 충분히 달성할 수
있겠지.

……하지만 케이크를 모두 먹은 뒤.

내가 별생각 없이 꺼낸 질문을 계기로, 온화했던 분위기
가 돌변했다.

"그런데 키스 상대는 어떻게 하지?"

"그건 물론──."

"저예요." "……뭐, 나로 하는 게 타당하겠지." "나다옹."

""──어?"""

셋의 목소리가 딱 겹치고,

"""…………."""

무어라 형용할 수 없는 침묵이 내려앉았다.

서로를 탐색하듯 시선이 맞부딪혔다.

불씨를 당긴 것은 토우카였다.

"저기, 죄송해요. 이 이야기의 주인공은 선생님──하루
죠?"

"그래." "야옹."

"그렇다면 당연히 메인 히로인은 저──토우카가 되는 거
아닌가요?"

"어? 왜 그렇게 되는데?"

"무슨 소릴 하는 건지 좀 모르겠다옹."

치즈루와 사나는 고개를 갸웃거렸다.

"그게, 키스를 하는 거라고요? 그건 즉, 두 사람은 서로를 사랑한다는 거잖아요."

"그렇지." "야옹."

"그러니까 메인 히로인에 가장 어울리는 건──."

"당연히 저잖아요." "유감이지만 나겠지." "그건 나라옹."

"……………………."

또다시 무거운 침묵.

무척 불온한 분위기에 나 역시도 무슨 말을 하면 좋을지 알 수 없었다.

"저기요. 두 사람한테는 미안하게 생각하지만, 선생님께서 가장 좋아하는 건 저라고요?"

"어? 하루가 제일 좋아하는 건 나잖아."

"아니다옹. 오라버니에게 최고는 나다옹."

"……………………."

세 번째 침묵.

두두두두두…… 그런 의성어가 보일 것 같은 분위기였다.

토우카가 말했다.

"두 사람은 무엇을 근거로 자신을 가장 좋아한다는 건가요?"

"그야, 하루의 평소 태도를 보면 자명하잖아?"

대답한 것은 치즈루였다.

부끄러운 듯이 얼굴을 붉히고——하지만 어쩐지 득의양양하게——폭탄 발언을 던졌다.

"그게 나, 이미 하루랑 키스한 적 있는걸."

""——으응?!""

이 말에는 제아무리 두 사람도 경악했다.

그리고 기세 좋게 내게 달려들었다.

"정말인가요, 선생님?!" "오라버니!"

"어…… 아, 그러고 보니 치즈루가 내 뺨에 한 적은 있네."

스티커 사진을 같이 찍었을 때를 떠올리고 머리를 긁적이며 대답했다.

"뭐야, 뺨인가요."

"그렇다면 대단한 것도 아니다옹."

토우카와 사나는 노골적으로 안도의 한숨을 흘렸다.

치즈루는 울컥했다.

"뭐야, 키스는 키스잖아?"

"뭐, 그러네요. 부럽지 않다면야 거짓말이겠죠."

토우카는 그 말을 긍정하면서도 여유롭게 대답했다.

"하지만 뺨이라면 틀림없이 제 쪽이 더 위예요."

"……토우카는 뭘 했냐옹?"

사나의 물음에, 이번에는 토우카가 폭탄을 떨어뜨렸다.

"장래에 러브호텔에 가기로 약속했어요."

""――으응?!""

"게다가 선생님께서 승부 팬티를 골라주신 적도 있어요."

"뭐?! 잠깐, 하루! 어떻게 된 거야?!"

"오라버니! 설명하라옹!"

치즈루와 사나가 노려봤기에 나는 쩔쩔매며 해명했다.

"어―, 둘 다 오사카로 여행을 갔을 때에. 러브호텔 쪽은 호텔을 결정할 때에 이야기를 하다 보니 그렇게 된 거고, 팬티는 단순히 갈아입을 옷이 필요했으니까 그랬어."

"그러니까 하루한테는 그렇게 대단한 일도 아니었다는 거네."

치즈루는 만족스레 웃었다.

토우카가 불만스럽다는 듯 입술을 삐죽였다.

"그렇지 않아요. 선생님은 무척 진지하셨어요."

"둘 중 어느 쪽이든 나랑 비교하면 대단치도 않다옹."

사나가 보란 듯이 어깨를 으쓱였다.

"……사나는 뭘 했나요?"

토우카의 질문을 받고 사나는 자랑스럽게 폭격했다.

"처녀를 바쳤다옹."

"――으응?!"

얼굴을 새빨갛게 물들이고 놀란 것은 치즈루였다.

"……처녀라니 뭔가요?"

토우카는 어리둥절했다.

"나도 자세히는 모르지만, 여자아이에게는 정말로 소중한 거야. 아마도 보통은 첫날밤이라고 해서, 결혼한 상대와 처음으로 보내는 밤에 준다는 건가 본데······."

"──겨, 결혼인가요······?"

토우카는 숨을 삼켰다.

신혼 첫날밤에 준다느니 어쩌느니, 참으로 고풍스러운 가치관이구나. 개인적으로는 좋다고 생각하지만.

그보다도 사나의 발언에는 너무나도 큰 어폐가 있었다.

"바쳤다는 건 처녀가 아니라 처녀작이니까 말이지. 라이트노벨 말이야."

"뭐야, 그건 거구나······."

"정말이지, 헷갈리게 말하지 말라고요."

내가 정정하자 치즈루와 토우카는 한숨을 돌렸다.

아니, 헷갈리게 말한 건 토우카도 마찬가지거든?

"하지만 그 작품은 오라버니가 삽화를 그려줬으니까, 실질적으로 우리의 자식 같은 존재다옹. 정신적으로는 이미 부부다옹."

사나는 가슴을 펴고 주장했다.

뭐, 일리 있는 말일지도 모르겠다.

자주 이렇게 비유되고는 하는데, 자신의 작품은 자식만큼 사랑스러운 존재다.

부부라는 표현은 아무리 그래도 과장스럽지만, 정신적으로 깊이 연결되었다는 건 분명했다.

"그런 식이라면 지금 만들고 있는 만화도 그렇잖아요."

"그러네. 딱히 사나만 특별한 게 아냐."

"억지는 그만 부리라옹. 오라버니의 처음은 나만의 것이다옹."

"…………." "…………." "…………."

말없이 몇 초 서로를 노려보고,

"——역시 제가 최고라고 생각해요!"

"——아니, 나야!"

"——내가 틀림없다옹!"

세 사람은 격렬하게 말다툼을 벌였다.

팀을 이루어 창작하다 보면 맞부딪히는 일도 드물지 않지만…….

이건 또 그런 것과는 조금 달라 보이는데…….

대체 어떻게 중재를 하면 좋을까…….

"이렇게 되었다면, 선생님께 선택해달라고 해요!"

"그래! 우리끼리 이야기해봐야 끝이 안 날 거야!"

"바라던 바다옹!"

한창 고민하고 있자니 세 사람이 활활 타오르는 시선을 이쪽으로 퍼부었다.

"선생님께선 누구를 가장 좋아하시나요?"

"그야 나겠지?"

"나 아니냐옹?"

"……아니, 저기, 그게……."

나는 머리를 긁적이고는 반대로 물었다.

"……애당초 너희는 정말로 나를 좋아해?"

"당연하죠! 새삼스레 무슨 말씀이세요!"

"그래, 바보! 아니면 그런 스킨십을 허락할 리가 없잖아!"

"또 오라버니의 섬세함 부족 문제냐옹?! 상식적으로 생각하라옹!"

어어…… 어쩌 엄청나게 혼이 났다…….

밥벌레에게 상식을 요구해도 말이지―.

"아니, 하지만 좋아하는 건 밥벌레로서의 나이지, 이성이라든가 연애라든가 그런 거랑은 조금 다르지 않나?"

"다르지 않아요!"

토우카는 뺨을 물들이고 자신의 마음을 입에 담았다.

"저는 계속 선생님 곁에 있고 싶어요! 이게 사랑이 아니라면 대체 뭐가 사랑이라는 말씀이세요!"

치즈루도 새빨간 얼굴로 이어서 말했다.

"나, 나도 그래! 확실히 하루는 구제할 길 없는 쓰레기지만 좋은 면도 잔뜩 있어! 그러니까 내가 교정시켜서 훌륭한 남자로 기르기로 결정한걸!"

사나도 새빨간 얼굴로 외쳤다.

"오라버니는 내 히어로다옹! 나는 이제 오라버니 없이는 살아갈 수 없는 몸이다옹! 책임져!"

"…………."

셋의 기분이 아플 정도로 전해져서 가슴속이 뜨거워졌다.

정말로 기뻤다. 정말정말로 영광이었다.

하지만 역시 그건 연애감정이라기보다 가족애에 가까운 거라고 생각하는데…….

그리고 여자들은 이따금 연상의 남자에게 동경을 품는 모양이라 그것과 혼동하고 있을 가능성은 무척 컸다. 셋 다 일단 내 만화(그림)의 팬이기도 하니까.

그렇지만…….

어린아이가 품은 아련한 동경을 그저 착각이라고 정리해 버리는 것도 뭔가 아니라는 생각이 들었다.

……그보다도 근본적으로 나 자신이 연심이란 어떤 것인지 잘 몰랐다.

『연심』과 단순한 『사랑』의 차이는 뭐지?

한자의 모양을 보면 그리워할 연(戀)자는 마음 심(心)자가 아래쪽에 있으니 일본어로 속마음을 뜻하는 『하심(下心)』, 사랑 애(愛)자는 마음 심자가 한가운데 있으니 『진심(眞心)』 이라고도 하지만, 그런 단순한 것도 아니겠지.

아니, 그런 정의 같은 건 아무래도 상관없나.

어쨌든 지금 중요한 건 세 사람을 위해서 내가 해야만 하는 일은 무엇인가, 그것이었다.

최우선 사항은 셋의 미소였다.

너무도 어려운 문제이지만, 그 점만큼은 흔들려선 안 된다.

"우선 대전제로서 말해둘게."

명확한 대답이 떠오르지 않는 상태에서 천천히 입을 열었다.

"나는 너희 셋을 정말 좋아해. 무엇보다도 소중하게 생각하고, 진심으로 사랑해."

"……가, 감사합니다."

"……마, 말 안 해도 알고 있지만."

"……야옹."

로리들은 뺨을 화악 물들이고 부끄러운 듯 우물쭈물했다.

"그러니까 세 사람의 마음은 무척 기뻐. 하지만 바로 그렇기에, 이렇게 대답해야만 해."

애끓는 심정으로 말했다.

"나로서는 아무도 선택할 수 없어."

"""…………."""

세 사람은 마른침을 삼키고 나를 쳐다봤다. 나는 성의를 담아서 이야기했다.

"단순히 순위를 붙일 수가 없다는 것도 있지만…… 그 이전에 선택해서는 안 된다고 생각해."

"……선택해서는 안 된다고요?"

당황한 토우카를 향해 "그래"라며 고개를 끄덕였다.

"그게, 나는 밥벌레라고? 나 같은 쓰레기는 너희 셋에게는 어울리지 않잖아."

"그게 뭐야, 바보 아냐."

치즈루가 분개한 듯이 말했다.

"우리는 하루가 좋고, 하루는 우리가 좋아. 그것만으로도 충분하잖아. 달리 필요한 조건 따위 없어."

"그렇다옹. 사랑 앞에서는 나이 차도 직업도 관계없다옹."

사나도 힘주어 고개를 끄덕였다.

그리 말해주는 건 고맙지만…… 역시 이건 어려운 문제였다.

말문이 막힌 내게 토우카가 말했다.

"그보다도, 선생님. 하나만 여쭈어도 될까요?"

"어, 뭔데?"

"저희가 장래에 다른 누군가의 신부가 되어도 괜찮으신가요?"

"──윽?!"

터무니없는 충격을 받고 나는 숨을 삼켰다.

……그런가. 확실히 그렇구나.

로리들은 언제까지고 로리가 아니다.

그건 잘 아는 바라고 생각했다.

하지만 사실은 전혀 모르고 있었다.

그 의미를 깊이 생각하지 않았다.

조금 더 말하면, 생각하고 싶지 않았던 거겠지.

내 곁을 떠나, 어디서 굴러먹는지도 모를 놈한테 시집을 가는 아이들…….

──버진 로드를 함께 걷고, 웬 놈에게 맡기고는 둘의 뒷 모습을 지켜보는 나.

그 포지션은 본래 아버지의 것일 테지만, 무심코 그런 이미지가 뇌리를 스쳤다.

……그런 건 절대로 사양이었다.

그녀들의 행복을 가장 바랐을 터인데, 바라야만 할 터인데…….

그녀들을 누구에게도 넘겨주고 싶지 않았다.

터지지 않는 게 신기할 정도로 가슴이 격렬히 아팠다.

세계의 잔혹함에 깊은 절망을 느꼈다.

온몸에 힘이 들어가지 않았다.

정신이 드니 눈물이 넘쳐흐르고 있었다.

"──선생님?!" "──하루?!" "──오라버니?!"

셋은 놀라서 황급히 내게 다가왔다.

"잠깐, 왜 그래? 어째서 갑자기 우는 거야?"

"……으으, 미안해…… 시집을 가는 너희 셋을 상상했더니 너무 괴로워서……."

"아으…… 저희야말로 죄송해요. 슬프게 만들 생각은 없었어요."

"오라버니, 울지 마…….."

"아아, 정말로 넌 바보구나…….."

토우카가 머리, 치즈루가 등, 사나가 배를 담당하여 제대로 울음을 터뜨린 나를 달래주었다.

그런 상냥함이 또 마음에 스미어들었다.

눈물이 멈추지 않았다.

하지만 세 사람이 걱정하게 만드는 건 본의가 아니었다.

"······얘들아, 미안해. 찬찬히 생각하고 싶으니까, 오늘은 혼자 있게 해줘."

가능한 한 밝게 말하려고 했지만, 내 목소리는 주체할 도리 없이 떨리고 있었다.

"······알겠어요. 저희는 걱정하지 마시고 천천히 쉬세요."

"그래. 하지만 너무 고민하는 건 안 된다고. 긍정적으로 생각해."

"우리는 오라버니 편이다옹."

세 사람은 그런 말을 남기고 조용히 방을 나갔다.

놓은 것은 구제할 길 없는 밥벌레와 너무나도 커다란 과제였다.

밥벌레가 해야만 하는 일

CHAPTER

다음날. 로리들이 아직 학교에 있는 오후 한 시 지나서.

도내 모처, 고급 중화요리점 개인실.

나, 마야 씨, 유리까지 셋이서 원탁에 둘러앉아 있었다.

내가 점심식사에 초대한 것이었다.

마야 씨는 바지정장이고 유리는 블라우스에 타이트 스커트였다.

"그래서, 중요한 이야기라는 건 뭐야?"

주문을 마치고 점원이 물러난 참에 유리가 이야기를 꺼냈다.

"장래에 대해서, 두 사람한테 상담을 하고 싶어요."

"어엉? 뭔가 했더니 그런 일이었나."

노골적으로 얼굴을 찌푸렸다.

"만화에 대한 거라면 담당으로서 응해주겠지만, 네 장래 따윈 내가 알 바 아니라고."

"……그러지 말고, 이야기 정도는 들어줘요."

"싫어. 왜 내가 그런 걸 해야 되는데?"

"내가 세상에서 가장 신뢰하는 어른이니까요."

"…………."

유리는 머리를 벅벅 긁고는 여봐란듯이 혀를 찼다.

"……칫, 알았어. 식사가 끝날 때까지는 어울려줄게."

입은 험하지만 이러니저러니 해도 상냥한 거다, 이 안경 미인은.

"감사합니다."

나는 표정을 풀고 머리를 숙였다.

"그래서, 그야말로 자기 좋을 대로 살아가는 당신이 대체 뭘 고민하는 건가요."

쓸데없는 독설을 덧붙이며, 마야 씨가 새삼 그리 물었다.

"그러니까, 장래에 대해서라고."

어디서부터 설명하면 좋을지 알 수가 없어서 막연하게 대답하고 말았다.

"지옥에 떨어졌을 때의 대처법인가요?"

"거기까지 미래의 일은 아니고."

"살아야 할지 죽어야 할지, 그런 문제라면 일단 죽어야 하지 않을까요?"

……전속 메이드와 담당 편집자로서 있을 수 없는 발언이군요.

좀 더 주인과 작가를 소중히 해야지!

"둘 다 그렇게나 제가 좋은가요?"

무심코 쓴웃음을 섞어 농담을 던졌다.

""뭐?""

"…………죄송합니다."

동시에 엄청나게 노려봤기에 맥없이 사죄하는 나였다.

211

기본적으로 나는 연상을 좋아하지만 로리들의 다정함이 그리워지는구나…….

"됐으니까 얼른 설명해. 단적으로, 알기 쉽게."

"……예."

나온 요리를 먹으며 나는 어제의 일을——만화 개요도 포함해서——간추려서 이야기했다.

"——뭐, 그렇게 되어서, 쓰레기인 제가 세 사람과 맺어질 수는 없겠지만, 그렇다고 세 사람이 다른 사람에게 시집을 가는 것도 좀 무리가 아닐까요? 그러니까 어쩌면 좋을까, 해서…….."

비통하고 애절한 심정에, 어미는 무의식중에 작아졌다.

"과연. 대충 알겠어."

"……어떻게 생각해요?"

"그러네…….."

유리는 몇 초 생각에 잠기고, 담담하게 말했다.

"역시 네가 뒈져버리면 된다고 생각해."

"너무해!"

제대로 이야기를 듣고서도 똑같은 결론이냐.

"아니, 너무한 건 아무리 생각해도 너잖아."

눈을 가늘게 뜨고 지긋지긋하다는 말투로 유리는 말했다.

"……뭐, 그렇기는 하지만 가능하다면 제가 뒈지지는 않는 방향으로 부탁드려요."

"그보다도 솔직히 장래 운운을 할 거라면, 너는 그 아이들에게 버려지는 걸 걱정하는 편이 좋지 않을까?"

"──그건 너무 솔직한 말이잖아요?!"

무지하게 생생한, 어떤 의미로는 최악의 배드엔딩이다!

"내 예상으로는 이르면 1년, 늦어도 3년이면 벌어질 일이
야. 하하하, 중졸에 아무런 자격도 없이 거리를 헤맨다든
지, 너도 참 큰일이네."

"하나도 안 웃기거든요!"

그런 미래, 상상하고 싶지도 않아!

"어쩔 수 없네. 그때는 출판사 알바를 소개해줄게."

"버려지는 걸 전제로 이야기를 진행하지 마요! 그리고, 적
어도 만화 쪽 일을 줘요!"

"바보냐. 만화가는 일을 받는 게 아냐. 자기가 따내는 거지."

"윽……!"

너무도 정론이라 아무 말도 못 하겠다!

"그보다도 그 아이들은 다정하니까 그런 짓은 안 해요!"

"뭐, 확실히 무책임하게 쫓아내지는 않으려나. 동의했다
고는 해도, 네 인생을 바꿔버렸으니까."

"그래요!"

"그렇다면 위자료를 주고 바이바이, 그러는 게 타당하
겠네."

"아니, 그런 리얼리티는 필요 없으니까 정말로 좀 봐줘요."

설령 경제적으로는 괜찮더라도, 그렇게 된다면 살아갈 자
신은 없다…….

"……마야 씨는 어떻게 생각해?"

유리가 지나치게 신랄했기에 출렁출렁 메이드에게 구원을 청했다.

"저도 나카노 씨와 거의 같은 의견이네요. 당신이 뒈지는 게 최선이에요."

"어어……."

주저 없는 데도 정도라는 게 있잖아…….

눈물을 머금고서 어깨를 풀썩 떨어뜨렸다.

"……진심으로 낙담하지 마시죠. 가벼운 농담이에요."

마야 씨는 어렴풋이 뺨을 물들이고 부끄러운 듯 정정했다.

"당신은 쓰레기 중의 쓰레기지만, 그래도 평가할 만한 부분은 있어요. 앞으로도 밥벌레로서 세 사람에게 웃음을 주고자 노력을 아끼지 않는다면 버려지지는 않을 테죠."

……위험해. 내 메이드가 무지하게 귀여워.

농담으로서는 가볍기는커녕 인도코끼리만큼이나 무거워서 깊은 상처를 받았기에 위자료를 가슴으로 지불하게 만들고 싶었지만, 그 말에는 의외일 만큼 따스함에 담겨 있어서 모든 걸 용서하기로 했다. 가슴과 상냥함은 잘 어울렸다. 절실하게 그리 생각했다.

"소노하라 씨는 상냥하네―."

유리가 싱긋 웃었다.

"참고로 나는 농담이 아니라 진심으로 뒈져버리는 편이 좋다고 생각해."

정말로 지독한 말투였지만 내게는 출렁출렁한 동료가 붙어 있었다.

이제 저런 자그마한 독설 정도로는, 내 멘탈은 흔들리지 않는다.

"이것 참. 가슴이 빈약한 사람은 마음까지 빈약해지고 마는 거로군요."

빈유 캐릭터를 부채질할 때에 자주 나오는(?) 표현을 흉내 내봤다.

"⋯⋯호오, 그러는 너는 베짱이 아주 두둑한데? 그렇게나 적극적으로 뒈지고 싶나."

"──죄송해요! 아무것도 아닙니다! 용서해주세요!"

유리가 사상 최악의 눈빛을 보내었기에 나는 즉시 바닥에 넙죽 엎드렸다.

아니, 진짜로. 의자에서 내려와서 진심으로 바닥에 이마를 댔으니까 말이지.

"⋯⋯흥, 두 번째는 경고 없이 바로 갈 거니까."

필사의 사죄가 역할을 다하여 어찌어찌 생존을 허락받았다.

"⋯⋯당신의 최대 단점은 그런 부분이에요."

의자에 다시 앉자 마야 씨가 한심하다는 눈빛으로 경고했다.

"지금도 상당히 아슬아슬한데 이 이상 도를 넘은 성희롱을 한다면, 특히 그런 걸로 세 사람에게 상처를 준다면 길

215

거리가 아니라 저승을 헤매게 만들어줄게요."

오싹할 정도로 차가운 음색이었다.

아아, 이거 진심이 담긴 녀석이로군요…… 본능적으로 이해했다.

그보다도 어째서 이 두 사람은 이렇게나 간단하게 살의를 드러낼 수 있는 거야? 배틀 만화 캐릭터야?

"……주, 주의할게요……."

부들부들 떨면서 고개를 끄덕일 수밖에 없었다.

"그래서, 당신이 어찌해야 하느냐는 이야기 말인데……."

마야 씨가 이야기를 되돌렸다.

"딱히 아무것도 안 해도 되겠죠.『셋 다 정말로 좋아하니까 선택할 수 없다』그런 태도만 관철해도 될 거라고 생각해요."

"……어, 그러면 된다고?"

"예. 오히려 이 경우에는 아무것도 안 해야 해요."

"……역시 최악인 건 누구 하나를 선택해서 세 사람의 우정에 금을 가게 만드는 건가."

셋의 인연은 결코 돈으로 살 수 없는, 둘도 없는 것이었다.

밥벌레보다 몇 배나 고귀하고 소중한 것이었다. 나는 그것을 지켜내야만 한다.

그리 생각했지만,

"아니, 그건 아니에요."

마야 씨는 시원하게 부정했다.

"확실히 세 사람의 우정을 깨뜨리는 건 용서할 수 없지만, 제가 말하는 건 그런 게 아니에요. 좀 더 노골적인 문제죠."

"……그건 무슨?"

"혹시 당신이 세 사람과 연인 이상의 관계가 된다면 거의 확실하게 처리당해요."

"……그것도 메이드 조크?"

"진심이에요."

마야 씨는 진지한 표정으로 말했다.

"그렇게 된다면 세 사람의 부모님, 특히 아버님의 분노를 사게 돼요. 아무리 그래도 목숨까지 빼앗지는 않을 테지만, 이 나라에서 살기는 어려워지겠죠."

"……내 생활은, 사실은 상당히 위태롭게 성립되어 있다는 거야?"

"이제야 깨달았나요?"

마야 씨는 기가 막힌다는 듯이 탄식했다.

"당신은 세 사람에게 애완동물 같은 존재로, 정신적으로 플러스가 되고 있어요. 그리고 물론 절대로 발칙한 짓은 하지 않는다──고 받아들여지는 상황이니까 아슬아슬하게 봐주고 있는 거죠."

……그런 거였나.

뭐, 냉정하게 생각하면 그도 당연했다. 아무리 경제적으로 문제가 없다고는 해도, 딸 근처에 쓰레기인 남자를 두고 유쾌하게 생각할 부모는 없겠지…….

그때 문득 생각했다.

"혹시 마야 씨가 설득해주었다든지?"

"······그렇게까지 거창한 일은 안 했어요."

마야 씨는 부끄러운 듯 시선을 옆으로 돌렸다.

"뭐, 제가 감시한다면 안심할 수 있다, 그렇게는 생각해주신 모양이지만요."

즉, 역시 마야 씨 덕분이었다.

말로는 아무것도 아닌 것처럼 말하지만, 틀림없이 내가 모르는 곳에서 이래저래 노력을 해준 거겠지.

그것이 딱히 나를 위한 행동이 아니라는 건 알고 있었다.

어디까지나 그 아이들을 위한 것이었다.

그럼에도 무척 기뻐서 가슴이 뜨거워졌다.

"마야 씨, 안아 봐도 될까?"

"──되, 될 리가 없잖아요?! 그런 짓을 한다면 제가 그 자리에서 처리할 거예요!"

감동한 나머지 그리 말했더니 새빨간 얼굴로 화를 냈다.

하지만 아까 같은 살기는 없었다.

나는 느긋한 웃음을 거둘 수가 없었다.

"······야, 쓰레기 작가."

유리가 한심하다는 시선으로 끼어들었다.

이 호칭에 대답하는 것도 좀 뭣하다고 생각하는 바도 없지는 않았지만 반사적으로 대답했다.

"왜요?"

"때려도 돼?"

"──될 리가 없잖아요! 왜 갑자기 그렇게 되는 건데요!"

"소노하라 씨 같은 미인이랑 너 따위가 알콩달콩하는 게 마음에 안 들어."

"과연. 질투로군요."

"아냐! 죽여버린다!"

"──그보다도, 알콩달콩 같은 거 안 했어요!"

유리가 주먹을 들고 마야 씨가 테이블을 쾅 두드렸다.

"……이, 일단 좀 진정하죠!"

쓸데없이 전압이 올라가 버렸기에 셋 다 우롱차를 마셨다.

목과 분위기에 촉촉한 생기를 주듯이. 살벌한 분위기는 위에 좋지 않다.

"……어쨌든 당신은 밥벌레예요. 그 이상도 그 이하도 아니에요."

마야 씨가 정리에 나섰다.

"지금뿐만이 아니라 앞으로도 계속, 세 사람과 남녀의 관계가 되겠다는 둥 그런 어리석은 생각은 하지 말라는 거예요. 그런 의미에서는『자신 같은 쓰레기가 세 사람에게 어울리지 않는다』, 당신의 그 판단은 옳아요."

참으로 소극적인 결론이지만, 마야 씨가 하는 말이라면 일반적으로 타당한 이야기겠지.

"하지만 장래에 세 사람이 시집을 가게 되었을 때는 어떻게 해야……?"

219

"그때는 미련 없이 축복해주세요."

".........."

세 사람의 행복을 위해서 물러난다.

그리 말하면 듣기에는 좋지만…… 정말로 그러면 되는 걸까?

애당초 내가 그럴 수 있나? 그렇게까지 어른이 될 수 있나?

전혀 자신은 없었다.

"……그럼 담당으로서 충고 하나만 해줄게."

입을 다문 나를 향해 유리가 입을 열었다.

"담당으로서?"

"그래. 네 인생은 아무래도 상관없지만, 네 만화는 그렇진 않거든. 게다가 이번에는 그 아이들이 원작이라서 무척 기대할 수 있을 것 같으니까."

원작이 나보다 초등학생인 쪽을 더 기대할 수 있다는 것도 이래저래 복잡한 기분이지만, 유리는 우수한 편집자다. 감사히 듣도록 하자.

"주인공을 멋있게 그려."

유리는 그렇게 말했다.

나는 어찌 반응할지 알 수 없었다. 그거야 당연한 이야기 아닌가, 그리 생각하고 말았다.

"바꿔서 말하면, 어느 히로인을 선택해야 하는지는 그리 중요하지 않아."

이에 대해서는 동감하기 어려웠다.

개인적으로는 주인공보다도 히로인을 중요시하고 싶었다.

"……그런가요?"

"그래."

영 납득하지 못하는 나를 보고 유리는 이야기했다.

"현실에서는 모르겠지만, 적어도 만화에서는 그렇게 해야 해. ……뭐, 세세하게 이야기하자면 장르에 따라서도 다를 테니 반드시 그렇게 해야만 한다는 것도 아니지만."

뭐, 그건 그렇겠지.

창작에 반드시, 라는 것은 없다. 무엇을 하든 재미있으면 정의다.

그것을 바탕으로 유리는 말했다.

"하지만 대상 독자는 그 아이들이라는 거잖아? 그렇다면 틀리지 않다고 생각해."

──선생님이라는 히어로가 활약하는 만화를, 저는 읽어보고 싶어요.

문득 그런 말이 뇌리를 스쳤다.

처음에 다 같이 이야기를 나누었을 때, 토우카는 확실히 그렇게 말했다.

치즈루와 토우카도 그것을 바랐다.

——좀 더 쓰레기가 되셔도 괜찮다고요?

이어서 이 말이 뇌리를 스쳤다.

아마도 오사카 여행에서 토우카에게 들은 말이었다.

……아아, 그런가.

갑작스러운 고백에 동요해서, 나는 그때와 같은 실패를 저지를 뻔했다는 건가.

유리와 마야 씨. 이 두 사람이 올바르다는 것을 확신했다.

이 두 사람에게 상담을 청하길 정말로 잘했다.

"——고마워요. 덕분에 망설임이 사라졌어요."

깊이 머리를 숙이고 진심으로 감사를 표했다.

해답을 얻었다. 자신이 해야만 하는 것을 이해했다.

나는 그녀들의 연인이 아니다. 혼약자가 아니다. 남편이 아니다.

오빠도 아니고 주인님도 아니다.

밥벌레다. 그 이상도 그 이하도 아니다.

그리고 바로 그렇기에 가능한 선택지가 있다.

남은 건 그것을 형태로 만드는 것뿐이다.

식사를 마치고 중화요리점에서 귀가했다.

나는 내 방에 틀어박혀서 곧바로 만화를 그리기 시작했다.

1초라도 빨리, 그 세 사람의 마음에 응하고 싶었다.

최고의 원고를 읽게 해주고 싶었다.

그를 위해서 그저 펜을 움직이는 데에만 집중했다.

마음을 뜨겁게 불태워 창작의 엔진을 돌렸다.

더욱 빨리! 더욱 제대로! 더더욱 재미있게!

──내가 가진 모든 것을 사용해서!

그럼에도 아직 부족하다고 생각하며 나는 스스로를 몰아붙이기로 했다.

완성될 때까지 어느 누구와도 접촉하지 않기로 결정했다.

이른바 『금(禁)로리』과 『금(禁)가슴』이었다.

토우카랑 치즈루랑 사나와 만난다면 놀고 싶어지고 만다.

마야 씨나 유리와 만난다면 성희롱하고 싶어지고 만다.

하지만 지금은 만화에만 집중하고 싶었다. 집중해야만 한다, 고 생각했다.

물론 정신적으로는 무척 괴롭겠지.

이러니저러니 해도 내 생활에 필요한 5대 요소──『의』『식』『주』『로리』『가슴』.

이 중에 두 가지를 참다니, 반쯤 자살행위였다.

하지만 지금 여기서 노력하지 않는다면 대체 언제 노력하겠다는 거냐?

영혼을 깎아 원고에 집중하자!

밥벌레로서의 각오를 보이기 위해서!

내가 30페이지의 원고를 완성한 것은 그로부터 일주일 뒤의 일이었다.

밥벌레의 숙원

10월 하순의 저녁. 2층 거실.

네 사람이 소파 두 개에 나뉘어 낮은 테이블에 둘러앉아 있었다.

내 기준으로 오른쪽이 토우카와 마야 씨, 왼쪽이 치즈루와 사나였다.

나는 일부러 계속 서 있기로 했다.

긴장해서 차분히 앉아 있을 기분이 아니었던 것이다.

로리들은 가을다운 사복 차림이고 마야 씨는 평소 그대로 메이드 옷.

나는 새로 산 스웨터를 입고 있었다.

조금 전, 사흘 만에 샤워를 해서 개운했다.

오늘의 취지는 『원고 공개식』이었다.

다들 동시에 읽었으면 해서 이렇게 불러 모았다.

사실은 유리도 참가해줬으면 했지만 스케줄이 무리였다.

뭐, 딱히 서두를 필요도 없었다. 다음에 천천히 보여주자.

"으음, 뭐, 그렇게 되어서…… 덕분에, 원고, 완성했습니다."

그렇게 서두를 뗐다.

역시 긴장한 모양이었다. 스스로 생각하는 것 이상으로 더듬거리고 말았다.

"수고하셨어요."

"정말, 하루치고는 엄청 노력한 것 같네."

"오라버니는 할 때는 하는 남자다옹."

"……지난번처럼 컨디션이 나빠지지는 않아서 다행이네요."

토우카, 치즈루, 사나, 마야 씨가 미소를 띠고서 치하해주었다.

하지만 어쩐지 딱딱한 분위기인 건 내 긴장이 전해졌기 때문일까.

"뭐, 일단 읽어주세요. 감상은 나중에 정리해서 들을 테니까."

그렇게 말하고, 복사한 원고 다발을 각자에게 나누어줬다.

다들 조심스럽게 받아들고 일단 표지를 빤히 바라봤다.

나(밥벌레), 토우카(검사), 치즈루(격투가), 사나(마법사), 마야 씨(메이드), 유리(길드의 접수처 담당)를 모델로 한 캐릭터가 사이좋게 나란히 서 있었다.

딱딱했던 모두의 표정이 눈에 띄게 풀어졌다. 일단은 괜찮은 느낌이었다.

그리고 천천히 페이지를 넘겨 본편으로 들어갔다.

두근두근하며 그 모습을 지켜봤다.

생글생글 웃거나, 으음 미간을 찡그리거나, 진지한 표정을 짓거나…….

장면이 바뀔 때마다 제각각 리액션을 해주었다.

이야기에 몰입하고 있다는 것을 잘 알 수 있어서 정말정말 기뻤다.

가장 먼저 끝까지 읽은 건 마야 씨였다.

조용히 원고를 테이블에 내려놓았다. 곤란하다는 듯이 쓴 웃음을 짓고 어렴풋이 뺨을 붉혔다.

이쪽으로 흘끗 시선을 향했다. 시선이 마주치자 황급히 고개를 돌렸다.

좋았는지 나빴는지 잘 알 수 없는 반응이었다.

뭐, 틀림없이 좋게 생각하지는 않을 테지.

마야 씨는 제대로 열 받아도 어쩔 수 없는 내용이었으니까…….

다음으로 끝까지 읽은 건 사나였다.

원고를 내려놓고 몇 번이나 고개를 끄덕였다.

그리고는 어째선지 득의양양한 표정으로 나를 바라봤다.

기분이 고양되었는지 뺨은 분홍색으로 물들어 있었다.

실제로 어떻게 생각하는지는 모르겠지만 상당히 좋았다는 거겠지.

살짝 가슴을 쓸어내렸다.

치즈루는 사나 바로 뒤에 원고를 내려놓았다.

깊이 한숨을 내쉬었다. 뺨은 붉게 물들어 있었다.

이쪽으로 날카로운 시선을 향했다. 어쩐지 책망하는 듯한 눈빛이었다.

하지만 시선이 마주치자 부끄러운 듯 고개를 숙였다.

마야 씨와 가까운 반응이었지만 역시나 어찌 생각하는지는 불명이었다.

감상을 듣는 게 기대되었다. 무섭기도 하지만.

다른 사람들보다도 무척 뒤늦게, 마지막은 토우카.

마지막 페이지 뒤, 다시 한번 표지 그림을 찬찬이 바라봤다.

만족스러워 보이는, 실로 멋진 미소였다.

숨을 내쉬고 이쪽으로 고개를 향했다.

감격했는지 눈가는 어렴풋이 젖어 있었다.

내 심장이 크게 뛰었다. 기뻐해 주는 거로 생각해도 될까……?

"……그래서?"

치즈루가 천천히 입을 열었다.

"너는 대체 무슨 생각으로 이런 지독한 전개를 그린 거야?"

나는 솔직하게 대답했다.

"단순히, 나한테 가장 기분 좋은 걸 선택했을 뿐이야."

"야옹…… 이 하렘 엔딩이?"

"그래."

사나의 질문에도 확실하게 고개를 끄덕였다.

그렇다.

나는 결국 누구 하나가 아니라 모두와 이어지는 것을 선택했다.

로리 셋은 물론 메이드나 길드 접수처 담당도 포함해서.

그를 위해서『밥벌레』의 설정도 조금 손을 봤다.

키스해준 상대에 따라서 다른 능력을 각성한다는 것으로, 다시 말해서 길러준 사람(계약자)이 많을수록 더욱 강해진다──는 것으로 했다.

다만 키스하는 장소는 입술이 아니라 이마였다.

아무리 의식 같은 것이지 성적인 뉘앙스가 없다고는 해도, 역시 키스는 특별한 것이라 생각하게 되어버린다. 설령 만화 안에서라도 로리들을 더럽히고 싶지는 않았던 것이다.

그 대신에──마음은 받았다.

만화의『하루』는 무척 다정한 청년이었다.

동료를 위해서 항상 열심히 움직이며 모두를 행복하게 해주길 바란다.

하지만 실제로 하는 행동은 쓰레기였다.

어쨌든 그는『밥벌레』였다.

열심히 일을 하면 오히려 스테이터스가 떨어져 버리는, 구제할 길 없는 직업이었다.

그러니까 기본적으로는 동료에게 응석을 부릴 수밖에 없었다.

아무리 목적이 올바를지라도 수단이 『밥벌레』인 이상, 쓰레기 말고는 아무것도 될 수 없는 것이었다.

——허나 반대 역시도 마찬가지.

아무리 행동이 쓰레기일지라도 그의 마음은 어디까지고 순수한 것이었다.

그것을 이해할 수 있는 사람만이 그를 동료로 취급해주었다.

그의 성질을 재미있다고 생각해주는 사람만이 그에게 힘을 줄 수 있었다.

그리고 『밥벌레』는 최강의 직업이 된다.

예상 밖의 능력을 각성하여 동료를 돕는다.

전장의 엔터테이너로 변모한다!

그런 그에게 동료들은 더더욱 빠져들고——.

그런 동료들을 위해서 그는 더더욱 노력한다.

즉, 재미있는 쓰레기 같은 행동을 적극적으로 벌이는 것이었다.

그게 지나쳐서 혼이 나는 경우도 있었다. 오히려 메이드나 접수처 직원에게는 빈번하게 혼이 났다.

하지만 그만두지 않는다. 그만두고 싶어도 그럴 수가 없었다.

그가 할 수 있는 것은 이것뿐이고——무엇보다도 엄청나게 즐거우니까!

동료에게 응석을 부리는 것이 마음 편하니까!

성희롱하는 게 유쾌하니까!
가슴을 펴고 단언할 수 있다!
이렇게나 멋진 직업, 달리 있겠느냐!
목표는 쓰레기 저 너머다!

"──밥벌레 포 올, 올 포 밥벌레."
대범한 미소를 띠고.
"밥벌레는 모두를 위해서, 모두는 밥벌레를 위해서."
나는 말한다.
"그러니까 한 사람만을 고르다니, 그럴 수는 없어."
그야말로 최악의 인간임을 훤히 드러내는 고백을 한다.

"나는 토우카가 좋아!"
"──읏!"
"윤기 나는 검은 머리에! 솔직한 토우카가 정말 좋아!"

"나는 치즈루가 좋아!"
"──읏!"
"트윈테일에! 츤데레인 치즈루가 정말 좋아!"

"나는 사나가 좋아!"
"──읏!"
"고양이귀에! 안타까운 사나가 정말 좋아!"

"나는 마야 씨가 좋아!"

"──읏!"

"가슴이 크고! 순정파인 마야 씨가 정말 좋아!"

"유리도 좋아! 안경 미인에, 근본은 다정한 유리가 정말 좋아!"

그 무엇도 개의치 않고.

"모두모두, 진심으로 사랑해!"

필사적으로 외친다.

"그러니까 계속 내 곁에 있어 줘! 계속 내 응석을 받아줘!"

나는 로리네 밥벌레.

로리가 신변을 돌보아주는, 인류 역사상 보기 드문 쓰레기였다.

만화나 게임을 시작으로, 좋아하는 것에 내키는 만큼 돈을 쓸 수 있다.

그 대신에 엔터테인먼트를 제공하여 로리와 윈윈 관계를 구축한다.

기간은 평생.

영원히.

신부가 되어 떠나려는 생각을 할 수 없을 정도로, 모두가 내게 계속 빠져들게 만들겠다.

그것이 내 대답이자 각오였다.

"쓰레기군요."

"쓰레기네."

"쓰레기다웅."

"……정말로 최악의 인간이네요."

내 마음은 제대로 전해진 듯했다.

네 사람은 얼굴을 붉히고, 나를 한심하다는 눈빛으로 바라보고, 최고의 찬사를 주었다.

"……하지만 이만큼 당당하게 쓰레기 같으니 차라리 시원시원하네."

치즈루가 쓴웃음을 흘렸다.

"바로 그러니까 오라버니다웅."

사나는 의기양양한 표정으로 고개를 끄덕였다.

"예, 저도 그렇게 생각해요."

토우카는 싱긋 미소를 짓고 명랑하게 말했다.

"선생님. 이번 만화도 최고로 재미있었어요!"

"확실히 이제까지 본 것 중에는 월등했어."

"만화 역사에 남을 걸작이다웅."

"……뭐, 일부를 제외하면 괜찮은 것 같네요."

치즈루와 사나, 마야 씨도 이어서 감상을 말해주었다.

"너희의 원작이 좋았으니까."

부끄러움을 감추는 의미도 포함해서, 나는 쓴웃음을 섞어 대답했다.

클라이맥스 이외에도 슬쩍슬쩍 어레인지를 시켰지만 큰 줄기는 로리들이 이야기한 그대로 그렸다. 받아들여 주어 안심했다.

　"……그, 그리고 사랑이 담긴 정렬적인 고백, 정말로 감사합니다."

　토우카는 부끄러운 듯 머뭇머뭇하고는,

　"사실 저희도 그 후로 이야기를 나눴어요."

　진지한 톤으로 계속 이야기했다.

　그 후, 라는 건 내가 울음을 터뜨린 이후라는 거겠지.

　무슨 이야기를 나눴을까? 나는 진지하게 귀를 기울였다.

　"우리는 항상 선생님께 많은 『행복』을 받고 있어요. 그러니까 조금이라도 갚아드렸으면 해요. 이건 선생님을 위해서, 라는 것보다 저희가 그러고 싶어서 그래요. 선생님께 어떻게 하는 게 가장 좋을까? 저희가 할 수 있는 건 뭘까? ──그러게 이것저것 생각했어요.

　"……그래서 어떤 결론이 나왔어?"

　머뭇머뭇 물었다.

　"선생님과 마찬가지에요."

　토우카는 쿡쿡 웃고 대답했다.

　"복수의 여자아이를 동시에 사랑한다…… 보통이라면 있을 수 없죠."

　"오히려 죽어야지."

　"여자의 적이다옹."

소파에서 일어서서 로리들이 이쪽으로 걸어왔다.

심장이 쿵 뛰고 나는 침을 꿀꺽 삼켰다.

벽에 걸려 있는 커다란 시계가 째깍째깍 시간을 새겼다.

"……하지만 선생님은 저희의 밥벌레예요. 그렇다면 대답은 하나죠."

토우카는 드높이 선언했다.

"저희는 철저하게 선생님을 돌봐드리겠어요!"

그 순간, 종소리가 울렸다.

다섯 시를 알리는 차임이 축복을 고하는 장엄한 음색으로 들렸다.

창밖에는 아름다운 세계가 어디까지고 펼쳐져 있었다.

"……정말로, 그러면 되겠어?"

내게는 너무나도 좋은 이야기라 무심코 확인하고 말았다.

"예. 서로가 그러는 관계니까요."

"세계 제일의 쓰레기이겠다고, 전에 그랬다옹."

"……뭐, 그런 면을 포함해서 하루니까. 안타깝지만 어쩔 수 없네."

토우카와 사나는 미소로, 치즈루는 새초롬한 표정으로 말해주었다.

나는 세 사람을 끌어안았다. 거의 무의식적으로 그런 것이었다.

"……고마워."

이런저런 마음이 끓어올라서 이제는 그 말밖에 할 수 없었다.

하지만 그것만으로 충분했다.

"후훗, 앞으로도 잘 부탁드려요, 선생님♡"

"……너무 까분다면 가차 없이 혼낼 테니까."

"우리와 오라버니의 인연은, 영원하다옹."

셋 역시도 나를 끌어안았다.

달콤하고, 부드럽고, 따듯했다.

더없이 행복한 감촉이었다.

나는 이것을, 이 관계를, 목숨을 걸고 지키겠다.

그것만이 나의 바람. 밥벌레의 숙원이었다.

문득 촉촉한 시선을 느꼈다.

시선을 향하자 출렁출렁 메이드가 부럽다는 듯이 이쪽을 보고 있었다. 마야 씨도 로리들과 마주안고 싶은 거겠지.

"마야 씨도 이쪽으로 올래?"

"……사, 사양할게요."

마야 씨는 뺨을 물들이고 고개를 홱 돌렸다.

그렇겠지요.

하지만 한순간 주저하는 듯한 틈이 있었다.

좀 더 친애도를 높이면 언젠가 분명 다 같이 끌어안을 수 있는 날이 오겠지.

그때 『꼬르륵』 하는 소리가 울렸다. 누군가의 배가 공복을 호소한 것이었다.

나는 쓴웃음을 짓고 말했다.

"정말이지, 토우카는."

"제, 제가 아니라고요!"

"그럼 치즈루?"

"뭐? 그럴 리가 없잖아!"

"사나?"

"절대로 아니다옹!"

"뭐, 나지만."

"""──웃?!"""

익살스레 자백하자 셋은 내게서 떨어져서 새빨간 표정으로 노려봤다.

"선생님!" "하루!" "오라버니!"

예상보다 더 험악했기에 제아무리 나라도 움찔했다.

"……잠깐, 그렇게 화내지 마. 쓰레기라도 괜찮은 거 아니었어?"

"이런 건 안 돼요! 아니, 전에도 그렇게 말했잖아요!"

"그래! 소녀의 체면이 걸린 일이야!"

"쓰레기라도 섬세함은 필요하다옹!"

"윽…… 미안해. 나쁜 뜻은 없었으니까 용서해줘."

손을 맞대며 사죄했다.

그러자 세 사람은 신이 난 말투로 이렇게 말했다.

"용서해주길 바라신다면 성의를 보이세요!"

"그러네. 말만으로는 성의가 부족해!"

"제대로 된 성의를 요구한다옹!"

"……예, 알겠습니다."

물론 이 경우의 성의는 엎드려서 빈다든지 위자료를 낸다든지, 그런 게 아니었다.

사죄의 쓰다듬기였다.

"후와…… 선생님이 쓰다듬어주시는 거, 오랜만이에요♡"

"……흥, 실력이 떨어지지는 않은 모양이네."

"야―옹♡"

각자 1분으로 용서해주었다.

그 후.

만화의 완성을 축하하여 파티가 열렸다.

메뉴는 내 리퀘스트로 불고기였다. 만화에 집중하기 위해서 계속 가볍게 끼니를 때웠더니 잔뜩 먹고 싶었다.

하지만 그냥 불고기로는 아무래도 재미가 부족하단 말이지.

그래서 노팬 불고기로 했다.

부끄러워하는 아가씨들과 출렁출렁 메이드에 둘러싸여 최고급 와규를 먹는다.

이것 참 정말이지…… 로리네 밥벌레는 최고라니까.

밥벌레 명첩

어느 날, 내 방 침대에서 뒹굴고 있자니 정장 차림의 로리 셋이 들어왔다.

첫 번째는 검고 긴 머리카락, 두 번째는 트윈테일, 세 번째는 고양이귀였다.

"안녕하세요. 텐도 하루 씨죠?"

"예. 그래요."

"금번 폐사의 서비스를 이용해주시어 정말로 감사드립니다. 바로 면접을 시작하도록 하죠."

검은 머리카락의 소녀가 싱긋 웃으며 그리 말하고는 세 사람 모두 침대로 올라왔다.

나는 자세를 바로 하고 똑바로 마주 봤다.

"으음, 오늘 면접관을 맡게 되었습니다, 니조 토우카라고 해요."

"같이 면접관을 맡은 탄자와 치즈루야. 헛소리를 한다면 용서하지 않을 테니까 진지하게 해."

"면접관 코모리 사나다웅. 젊은 능력에 기대한다웅."

검은 머리, 트윈테일, 고양이귀 순서로 자기소개를 해주었다.

"텐도 하루입니다. 잘 부탁드리겠습니다."

나도 다시금 이름을 대고 깊이 머리를 숙였다.

니조 씨의 서두로 면접이 시작되었다.

"그럼 우선, 어째서 저희의 밥벌레가 되고 싶은 건지 지원 동기를 가르쳐주시죠."

어떤 직종이든 거의 확실하게 나올, 기본 중의 기본인 질문이었다.

"귀여운 여자아이들과 즐겁게 마음껏 살고 싶으니까요."

나는 막힘없이 대답했다. 그러자 세 사람은 움찔 반응하고, 니조 씨가 입을 열었다.

"——죄송해요. 지금 뭐라고 하셨죠?"

"즐겁게 마음껏 살고 싶다고요."

"그 앞에요."

"귀여운 여자아이들이라고 했습니다."

"다시 한번."

"귀여운 여자아이들."

"……과연."

니조 씨는 어흠, 헛기침을 하고는 늠름한 표정으로 확인했다.

"그러니까 텐도 씨는 저희를 귀엽다고 생각한다, 그런 이야기로군요."

"물론입니다. 이 세상에 있는 모든 『귀여움』의 정점이라고 생각합니다."

"……에헤헤."

늠름함을 더는 지키지 못하고 니조 씨는 잔뜩 풀어진 미소를 지었다.(귀엽다)

"……흐응, 여자아이를 보는 눈은 확실한 모양이네. 『즐겁게 마음껏』이라는 건 좀 어떨까 싶지만, 뭐, 아슬아슬하게 허용범위일까."

머리카락을 손가락으로 빙글빙글 감으며 탄자와 씨가 툭 중얼거렸다.

그녀의 뺨은 어렴풋이 붉게 물들어 있었다.(귀엽다)

"야옹, 훌륭하다옹. 이제 그만 채용해도 될 것 같다옹."

코모리 씨는 뺨을 물들이고 옴찔옴찔하면서 말했다.(귀엽다)

"후후, 그러네요. 저로서도 이미 합격 라인이에요. 하지만 채용 후의 미스매치를 막기 위해서라도, 그 밖에도 이것저것 확인하겠어요."

"예, 뭐든 물어보시죠."

나는 가슴을 펴고 말했다. 나로서는 어떤 질문에도 솔직하게 대답할 준비가 되어 있었다.

"그럼 용돈은 월 얼마 정도를 희망하시죠?"

"그렇군요, 그렇게 많이는 필요 없습니다."

"그렇다면, 10만 엔 정도인가요?"

"예. 그만큼이면 충분합니다."

"무척 겸손하시네―."

"아뇨아뇨, 과찬입니다. 아, 하지만 돌발적으로 무언가 필요한 게 생겼을 경우에는 그만큼 더 챙겨주시면 좋겠습니다."

"그건 물론이죠. 사양하시면 저희도 슬프니까요."

이어서 몇 가지 질문에 대답하고, 면접도 드디어 막바지로 접어들었다.

"그럼 슬슬 실기를 진행할까 합니다. 저희는 이쪽도 중시하는 터라."

"알겠습니다. 『쓰다듬기』부터 하면 될까요?"

"예. 부탁드려요."

나는 셋에게 다가가서, 우선은 니조 씨의 머리에 손을 얹었다.

찰랑찰랑한 머리카락의 감촉을 즐기며 다정하게 쓰다듬었다.

니조 씨는 눈을 가늘게 뜨고서 기분 좋은 듯한 목소리를 냈다.

"후와⋯⋯. 무척 능숙하시네요. 혹시 경험자인가요?"

"아뇨, 그렇게 대단치는 않습니다. 고등학생 시절에 밥벌레 코시엔을 목표로 했을 정도이지, 기본적으로는 오리지널입니다."

"그걸로 이 정도 수준이라니⋯⋯ 재능의 극치로군요."

니조 씨 다음으로 탄자와 씨의 머리를 쓰다듬었다.

"응⋯⋯ 정말로 상당한 솜씨잖아."

탄자와 씨도 호평인지 릴랙스한 모습으로 한숨을 흘렸다.

나는 기세를 붙여서 동시에 허벅지도 쓰다듬었다.

"──잠깐, 어딜 만지는 거야?!"

"서비스입니다."

"그, 그런 건 됐으니까! 그보다도, 할 거라면 적어도 말이라도 먼저 하라고!"

"어─, 죄송합니다."

일일이 말하는 것도 촌스러운 짓이라고 생각했는데, 면접에서 이러는 건 좀 과했나.

나는 얼굴을 새빨갛게 물들인 탄자와 씨에게 순순히 사죄했다.

"다음은 나다옹."

마치 조르듯이 코모리 씨가 이쪽으로 머리를 기울였다.

나는 기꺼이 잔뜩 쓰다듬어줬다.

"야옹, 이건 최고다옹…… 하는 김에 허그도 해보라옹."

요청에 응하여 꼬옥 끌어안았다.

"아, 사나! 혼자만 치사해요!"

"그래! 평등하게 안 하면 심사에 영향이 미치잖아!"

니조 씨와 탄자와 씨의 항의에, 결국 다 같이 마주 안는 모양새가 되었다.

"후우우, 허그도 능숙하군요." "……뭐, 합격점이네." "멋진 테크닉이다옹."

로리로리한 온기에 잠시 감싸여 있자니 똑똑, 문을 두드리는 소리가 울렸다.

문이 열리고 출렁출렁 메이드 씨가 안으로 들어왔다.

마야 씨는 촉촉한 시선을 내게로 향하고,

"……뭘 하고 있는 건가요?"

"면접 시뮬레이션이야."

전혀 꺼림칙한 일이 아니었기에 나는 당당히 대답했다.

"……시뮬레이션?"

미간을 찌푸린 마야 씨를 보고 토우카, 치즈루, 사나가 보충했다.

"그래요. 장래에 『밥벌레』 수요가 좀 더 늘어났을 때에, 밥벌레와 부유층의 매칭 서비스가 유행할지도 모른다고 생각했어요. 그래서 그때에 스무드하게 면접을 할 수 있도록 매뉴얼을 만들고 싶어서 선생님께 협력을 부탁드렸어요."

"지금은 있을 수 없는 일이라고 생각하지만, 비즈니스 찬스라는 건 평범하지 않는 쪽에서 굴러들어오기도 하니까 말이야."

"야옹. 취직이나 구혼 활동처럼 밥벌레 활동이 당연해지는 시대가 온다면 재미있겠다옹."

"과, 과연…… 역시나 착안점이 다르군요."

정말로 그랬다. 내 귀여운 로리들은 언제나 나를 즐겁게 해준다.

그러니까 나도 전력으로 그녀들을 즐겁게 해주겠다.

미래의 일본이 어떻게 될지는 모르지만…….

나는 로리페셔널이자 밥벌레페셔널이고 싶다.

로리들을 쓰다듬으며 그런 생각을 하는 것이었다.

외부에서 펼쳐지는 장면이 많았던 3권과는 정반대로, 이번에는 하루의 방에서 노는 소재가 많아졌습니다. 하고 싶다 생각한 것을 아낌없이 투입한 결과입니다만, 어떠셨나요? 조금이라도 마음에 스미어드는 내용을 제공해드렸다면 다행입니다.

……자. 본서의 발매일은 2017년 7월 25일입니다. 그리고 그로부터 사흘 뒤, 7월 28일에 본 작품의 드라마CD가 발매될 예정입니다. 그래서 다시금, 개인적인 추천 포인트를 몇 가지 말씀드리고자 합니다.

· 프로페셔널한 업무가 굉장해!

드라마CD의 제작에는 많은 프로페셔널한 분들이 관여하고 계십니다.

작가로서는 질투가 나기도 합니다만, 역시 소리의 힘이란 굉장합니다.

적절한 디렉션, 효과적인 연출이나 편집, 그리고 물론 성우 여러분의 연기…….

덕분에 캐릭터의 매력이 엄청나게 파워 업했습니다. 특히 토우카에게 응석을 부리고 싶으신 분, 치즈루에게 혼이 나고 싶으신 분, 사나에게 야옹야옹당하고 싶으신 분, 마야 씨에게 차가운 태도를 당하고 싶으신 분, 유리에게 매도당하고 싶으신 분께서는 만족하실 만한 완성도가 되었으리라 생각합니다. 또한 하루도 잊어서는 안 되겠죠. 무척 상쾌하니 멋진 청년의 보이스로, 실로 쓰레기 같은 소리를 해주셨습니다. 엉망인 남자의 어리광을 받아주고 싶다, 그런 분께도 추천드릴 수 있을지도 모르겠습니다.(※개인의 감상입니다)

　· 새로운 에피소드 존재!

　성희롱의 경계선을 다 같이 토론하는『두근두근☆밥벌레 재판!』과, 3권에서 살짝 언급했던『밥벌레님 게임』을 드라마CD용으로 새로이 썼습니다. 자화자찬입니다만 즐거운 에피소드가 되었다고 생각하오니 모쪼록 들어주셨으면 합니다.

　· 호화로운 특전 그림!

　헨리더 선생님의 스페셜 귀여운 일러스트를 사용한, 호화로운 특전이 다양하게 있습니다. 자세한 내용은 공식 사이트를 참조해주시기 바랍니다.

　그 밖에도 말씀드리고 싶은 건 잔뜩 있습니다만, 슬슬 감사인사로 넘어갈까 합니다.

　헨리더 선생님. 이번에도 멋진 일러스트, 정말로 감사합니다! 드라마CD 관련 일러스트도 그저 최고였습니다!

　드라마CD 관계자 여러분, 담당분, 본 시리즈에 관여해주신 모든 분께도 크나큰 감사를.

　그리고 무엇보다, 여기까지 읽어주신 당신.

매번 전력으로 쓰레기인 이야기에 어울려주셔서 정말로
감사합니다!

또 만날 수 있기를 진심으로 바라겠습니다.

안녕하십니까, 본 작품의 역자입니다.

4권입니다. 3권의 마지막에서 발생한 일은 조금 맥없이 끝나지 않았나, 그런 느낌도 없지는 않습니다만——이것이야말로 이 작품의 특성이겠지요. 절묘한 줄타기라고 할까요, 긴장보다는 릴랙스라고 할까요.

계절의 흐름이 무척 빠르네요. 더워지는 시기에 진행했던 3권과 달리, 이번에는 추워지는 시기에 진행을 했습니다. 작중의 시간 흐름과 거의 시기를 같이한다는 느낌이라 재미있네요. 조금 더 빨리 흘러가는 느낌일지도 모르겠습니다. 막상 여러분께 선보일 때는 전혀 다른 시기가 될 것 같긴 하지만요.

예전에는 보드게임을 자주 즐기고는 했습니다. 그렇다고 전문점을 자주 찾은 건 아니고 집, 혹은 조용한 장소를 빌려서 플레이했죠. 가장 많이 한 것은 제2차 세계대전을 무대로 하는 전쟁 게임이었는데, 주사위 운이 좋은 편은 아니었던 터라 승률이 그리 높지는 않았던 기억이 있습니다. 요즘에는 저도 그렇고 다들 바빠서 보드게임을 즐길 기회도 거의 없네요. 이참에 한 번 이야기를 꺼내 볼까나.

 그럼 다음 권에서 다시 뵐 수 있기를 기도하며 이만 마치겠습니다.

KYO KARA ORE WA LOLI NO HIMO! 4
ⓒYuki Akatsuki 2017
First published in Japan in 2017 by KADOKAWA CORPORATION, Tokyo.
Korean translation rights arranged with KADOKAWA CORPORATION, Tokyo.

오늘부터 나는 로리네 밥벌레! 4

2019년 5월 24일 1판 1쇄 인쇄
2019년 6월 1일 1판 1쇄 발행

저   자 아카츠키 유키
일 러 스 트 헨리더
옮 긴 이 손종근
발 행 인 유재옥
본 부 장 조병권
담당편집자 정영길
편   집 김다솜 김민지 박상섭 이문영 이성호 정영길 조찬희
라이츠담당 박선희 오유진
디 지 털 최민성 박지혜
인쇄제작처 코리아피앤피
발 행 처 ㈜소미미디어
등   록 제2015-000008호
주   소 서울시 마포구 토정로222, 403호 (신수동, 한국출판콘텐츠센터)
판   매 ㈜소미미디어
마 케 팅 한민지 한주원
전   화 편집부 (070)4164-3962, 3963 기획실 (02)567-3388
                    판매 및 마케팅 (070)4165-6888, Fax (02)322-7665

ISBN 979-11-6389-484-1 04830
ISBN 979-11-5710-954-8 (세트)